U0164259

香港詩賞

陳永康 著　　讀新詩串起的香港故事

目　錄

如何欣賞城堡內的藝術——讀陳永康的《香港詩賞》

許定銘

　　年輕的時候我是一頭初生之犢，在創作的草原上任意奔馳，詩、散文、小說都認真地嘗試過。想甚麼就寫甚麼，散文寫的是個人思維，我手寫我心，最易寫，亦最持久，寫了五、六十年猶未放棄；小說字數多，構思久，得花長時間去磨，缺少恆心或事忙，幹不好；詩字數最少，表面上看，最易寫。然而，易寫難精，一首好詩，除了有內涵，還得要有意境、含蓄，和節奏感，有時為了一句短語，或詞句，往往要花長時間去思考、琢磨，猶不知如何下筆、取捨，放棄得最早。

　　雖然我放棄寫詩多年，卻仍然愛詩，愛讀別人的詩篇，陷入美的詩境，享受詩意的歡樂。那些能寫詩數十年、沉醉詩國的同好，是真真正正的詩人。

　　年輕人見我愛詩，常要求我「解詩」。我的答案是：詩，是

不能解的，只可以感受。能感受一首詩，即是能讀懂一首詩。不過，同一首詩，不同的人可能有不同的感受，這就是讀詩深奧之處。如陳永康般，不停地指導年輕人欣賞詩、解說詩，其實也只是指出了詩的切入點，得要讀者親自去觀摩，去鑽研，去理解、感受，才能有所得着。面對這麼困難的高山，像陳先生這樣還孜孜不倦的老師，是「明知山有虎，偏向虎山行」的打虎英雄，令人佩服！

陳永康新近出版的《香港詩賞》不是一般的詩選，那是一部刻意塑造的詩歌藝術城堡，而他則是位口若懸河的導遊，引導讀者走進城堡，向大家解說城堡中每件陳列品的藝術性，企圖把那批單一的藝術品，組成一座座藝術聖殿。

《香港詩賞》 分「印象」、「舊戲」、「童話」、「家常」、「親愛」、「房子」、「位置」、「書香」、「維港」等九個章節殿堂，組成了「香港」這座域堡。每個殿堂又用好幾首不同類型的詩歌，組成一串串藝術珠串，再用編者精明獨到的分析、解說，企圖把讀者領進優美的詩境中。

舉個例：在「印象」中，他引了葉輝的〈我們活在迷宮那樣

的大世界〉和胡燕青的〈三日店〉去説明他們對香港的印象是一座「迷宮」；用洛夫的〈香港的月光〉和陳李才的〈桌燈與月亮〉寫香港在月光下的多種生活；又用潘步釗的〈高樓對海〉、余光中的〈高樓對海〉和鍾國強的〈華田〉，來寫多種多樣的香港街景、生活……。於是，從各種各類的建築、人事的感慨，香港的印象就變得立體而形象化，深深地印在過客的腦袋裏，欣賞寫香港的詩，在不知不覺間就把讀者和香港合而為一體了！

　　我只輕輕地引導大家探索了香港城堡的其中一個殿堂，如果大家想一觀全豹，我建議大家耐心地去翻翻《香港詩賞》，那裏還有全香港城堡的各區殿堂，陳列了各種不同的藝術品，在你慢慢欣賞的同時，不妨也感謝編者陳永康刻意編排的心思！

前　言

　　遙遠的東方有一條龍，遙遠的南方有一顆明珠，那是我們熟悉的香港，一個中西文化匯聚的摩登大都會；一個經濟掛帥、紙醉金迷的社會。不再是詩的年代，有誰想過，在這個人稱「文化沙漠」的地方，竟會長出「詩」來？且讓我們從「香港詩」出發，隨現代詩人一起走進迷宮一樣的大街小巷、一起「詩遊香港」，重新認識這個多采多姿的城市。

　　《香港詩賞》是我給新詩初學者寫的第四本入門書籍。本書有別於一般的「詩選」、「精選」之類的詩選集，選用的「香港詩」以抒發香港情懷為主，更多的是以香港風物直接入詩的作品。於是，我們隨詩人的足跡遊香港，一路上有熟悉的旺角、美孚、九龍塘、新蒲崗、鰂魚涌、灣仔、維多利亞港、屯門、藍地、大澳、大美督；又有皇后大道、西洋菜街、通菜街、豉油街、廟街、福華街、大白田街、和宜合道、屯門公路、獅子山隧道、紅磡碼頭、唐樓、公屋、棚屋；有街市、百佳、茶餐廳、廣華、盆

菜、華田、東岸書店、小童群益會、屋邨仔……

《香港詩賞》從「家常」、「親愛」，到「書香」、「維港」，全書共分九個章節領大家一起賞詩、談情、遊香港，沿途不離內容和寫作技巧兩方面的挖掘。惟「詩無達詁」，詩往往像大千世界蘊藏寶藏一樣不着痕跡不易「解」。為了方便初學者，我選詩以篇幅較短小、在寫作手法上「有法可依」、較容易掌握的詩篇為主。必須指出，讀詩從來沒有甚麼金科玉律，或者賞析標準。偶爾讀者回饋，說讀了我的導賞，才知道原來詩可以這樣讀、可以這麼有趣……我說，每一首詩都有各種可以解讀的方法和方向。詩人都只愛說三分話，留下空間讓讀者咀嚼、回味，以至「填充」。有道是：閱讀是一種再創作的活動，這就是讀詩的最大樂趣吧。讀詩沒有標準答案，本書的導賞不過是其中一個「填充示例」；《香港詩賞》也不可能包羅所有「香港詩」，但願讀者能以本書作為一扇窗、一個起點，從此愛上更多、更美好的「香港詩」。

的確，在經濟掛帥的商業社會裏，在讓人忙碌得喘不過氣的香港，「詩」一直與我們同在，現代詩人一直在為這個城市的

生活而謳歌，現代詩是「文化沙漠」裏耀目的美麗花朵。我常想，如果我們都愛美好的事物，有理由愛音樂、愛歌詞，就有理由愛詩。讓「詩集」變成票房毒藥，除了一般人對新詩仍存誤解，最主要的原因可能是不得其門而入。詩人大抵也不好或者不屑推銷，何況我們還有「詩無達詁」的古訓，「解詩」像是一種禁忌。無論如何，給新詩初學者充當橋樑，希望由孤芳自賞，走向與眾同樂，是我多年來寫書的推動力。如果生活孕育了詩；詩反映生活，我們都實實在在地活在這個多彩多姿如詩一般的世界，那麼，我們都有各自欣賞的世界、熱愛生活的理由。

《香港詩賞》順利出版，得感謝一眾本地詩人和不少外地詩人給我們譜寫「香港詩」！感謝香港藝術發展局資助！感謝匯智出版社羅國洪先生大力支持！感謝詩壇前輩、亦師亦友的樊善標教授、鍾國強先生、潘步釗校長給本書寫推介！由於個人學識所限，本書或有錯漏之處，望各方包涵。

陳永浩 謹識

1

印象

——都從奔馳的風景撈取好看的硬照

迷宮

　　香港，世人眼中的「東方之珠」，一個中西文化匯聚的摩登大都會，一個經濟掛帥、紙醉金迷的社會。不再是詩的年代，有誰想過，在這個人稱「文化沙漠」的城市，竟會長出「詩」來？且讓我們從「香港詩」出發，隨現代詩人一起「詩遊香港」；讓葉輝的〈我們活在迷宮那樣的大世界〉率先替我們拉開「印象香港」的序幕：

我們活在迷宮那樣的大世界　　｜　葉輝

我們活在迷宮那樣的大世界，我們學習
在艾舍爾的立體版畫發現平面的樓台
在喧囂的街道和房子之間靜默相處
在遊戲和幻覺之間，長大或老長不大

凡迷宮必有起點和終點，入口和出口
凡夢皆非車站，非線性的拐彎或者兜轉

必有過渡的台階，讓疲憊的喘氣，健碩的
凝聚上升或俯衝的力量。然後是床

要是隧道，該由洞穴通向光源，要是
樓梯，該由天台通向地牢，然後是床
我們的始和終，愛和恨，糾纏的三分一生
上升，俯衝，喘氣，永遠的月台。然後

是床，該由日常生活通往反抗，要不
就是墓園，墳前野花總年年野白，年年
拔除，年年悄悄重開，我們或已厭倦
爭吵和冷戰，各自躲在喘息的轉角

然後是睡了半生的床，要不就是橫水渡
要不就是晾衣架，要不就是奈何橋
我們從地下車站走出來，穿過街市
買魚，買菜，躲進柴米油鹽的防空洞

我們活在迷宮那樣的大世界，我們學習
用我的左手畫你的右手，你的右手
畫我的左手，那樣的循環遊戲，見證
幻覺全部的隱喻：長大或老長不大

後記：詩中的艾舍爾，即 M. Escher，畫家，擅繪遍佈怪圈和悖論的版畫，這首詩借用了他的一些畫意。

葉輝的〈我們活在迷宮那樣的大世界〉詩如其名，領我們進入一個迷宮，一個香港人生活的大迷宮。詩人在後記裏交代了此詩「借用了他（艾舍爾）的一些畫意」，因此，在拆解此詩的內涵之前，我們有必要先了解一下荷蘭畫家艾舍爾（M. Escher, 1898-1972），也要了解甚麼叫「悖論」。

「悖論」泛指某些奇特的推論，這些推論的假設和邏輯看似合理，卻帶出明顯不可接受的結論。我們說事物「相悖」，是指事物互相違背、互相矛盾的意思。我們看看艾舍爾的一些充滿悖論的怪誕畫作：

〈交叉空間〉，艾舍爾

畫中有許多道樓梯連接不同的空間。我們挑其中一條梯子往前、往上走，就到達第二個空間。再沿着前面不斷出現的梯子走，到達不同的空間，最終竟回到當初起步的那個地方！這是一個不分上下的世界，樓梯和空間循環不息地走不完。艾舍爾給我們繪畫了一個無始無終、無上無下；始即終，終即始、上即下，下即上的荒誕世界。

　　葉輝的〈我們活在迷宮那樣的大世界〉借艾舍爾的畫意，抒寫現代都市人循環不息、永遠走不完的緊張生活。詩人大量運用富張力和意義相悖的意象呈現主題，下面是構成「生活的迷宮」的意象群：

生活迷宮	相悖／相對的意象群
生和死	生活和墓園；晾衣架（生活）和奈河橋（死亡）
生活反抗生活	（地下車站走出來）街市／買魚，買菜，躲進柴米油鹽的防空洞
	該由日常生活通往反抗、爭吵和冷戰
愛和恨	喧囂與靜默、遊戲與幻覺、愛和恨、爭吵和冷戰。我的左手畫你的右手，你的右手畫我的左手；長大和老長不大。

詩人筆下的都市人生活充滿矛盾，卻又互相投契。「爭吵和冷戰」之後，「躲進柴米油鹽的防空洞」，「愛和恨」讓生活延續。所謂「不是冤家不聚頭」，「無冤不成夫妻」。我創造了你，你創造了我；你成就了我，我也成就了你。我們在「長大和老長不大」、成熟與幼稚之間終老。

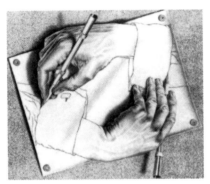

〈手畫手〉，艾舍爾

　　生活的「迷宮」裏原來有「過渡的台階」，讓我們在「愛和恨」之間喘氣：

過渡台階	床、永遠的月台、橫水渡。起點如終點；入口等於出口。
循環不息	夢、隧道、樓梯，然後是床/我們的始和終，愛和恨

「過渡的台階」原來是我們天天睡的「床」，是「永遠的月台」。「讓疲憊的喘氣，健碩的／凝聚上升或俯衝的力量」。「床」上有「夢」，「夢」和「隧道」和「樓梯」之後，「然後是床／我們的始和終，愛和恨」。生活的起點和終點原來一樣。這就是「我們活在迷宮那樣的大世界」。

　　為了營造緊張、循環不息的生活節奏，此詩在遣詞造句方面有以下安排：

第一節	在…… 在…… 在……	排比句： 結構、語氣相近
第二節	凡…… 必有…… 凡…… 必有…… 然後是床	逐漸擴張：延展的節奏 凡…… 必有（一行） 凡…… （獨佔一行） 必有…… （獨佔一行）
第三節	要是…… 要是 然後是床 然後	「然後是床」（獨佔一行） 「然後」（跨節）「是床」（分行，跨節）
第四節	是床…… 要不 就是……	要不（跨行）就是
第五節	然後是睡了半生的床， 要不就是…… 要不就是…… 要不就是……	擴寫「然後是床」：延展的節奏「要不就是」，逐漸擴張、延展

此詩的音樂節奏，除了得力於那些重複出現的句式，還須留意「然後是床」這個貫穿全文的意象。重複出現的「然後是床」，是此詩的節奏主調。第三、四節「然後//是床」的「跨節」安排，以及第五節「然後是睡了半生的床」，既重複又不失單調，也增強了連綿不斷、循環不息的藝術效果。

讀葉輝的〈我們活在迷宮那樣的大世界〉，體會香港人緊張的生活節奏，讓人透不過氣來。在迷宮裏就有掙扎求存的小商戶，讓我們讀讀胡燕青的〈三日店〉：

三日店　　｜　胡燕青

三天之內，你們開張又結束
賣牛骨梳子，小錘和飯勺
還有老花眼鏡、毛衣和翻版粵曲
我見過內衣褲前垂掛着七色布
一切攤在板凳上，沒有裝修，沒有窗櫥

都從巨大的布袋掏出卑微的活計
老闆和伙計分不清誰是誰了原來是夫妻
有時我看中一雙襪子那老婆就高聲宣告
二十五蚊，二十五蚊三對正說時她老公已經抽出

一個久違了的膠袋弄得沙沙作響
不，他很強調，不會收五毛

三天之內，猶如菌族旋滅旋生
走過了就走過了，記憶都無法形成
生命的窗子在一列快車之上此起彼落地開合
而我總認為那些應該稱作月台或車站
可以稍稍停留，甚至吃頓飯

都從奔馳的風景撈取好看的硬照
店和店誰是誰都分不清了只知你去了或再來
有時你看我頗為寂寞慷慨跟我說點話
有時我以為支支吾吾就能夠膨脹成記憶
我們的買賣漸漸大過了一樁買和賣

三天之後，我們在不同的處所又老了一些
收鋪之時你們一個數錢一個低問是否還可以
錯過了的景點統統歸入里巷之尋常
美孚，旺角，屯門和灣仔
你們固執堅信，那都是些移浮的城鄉
每天按時經過，完全沒有窗

胡燕青的〈三日店〉是葉輝〈我們活在迷宮那樣的大世界〉的具體寫照。此詩寫香港近年興起的「短期租約」小店的經營情況，寫抵受昂貴租金、努力求存的小販的「卑微的活計」。

「三日店」「賣牛骨梳子，小錘和飯勺還有老花眼鏡、毛衣和翻版粵曲」、「內衣褲前垂掛着七色布」的「卑微的活計」為生。小店沒有裝修，「一切攤在板凳上，沒有裝修，沒有窗櫥」。因為「三日店」在三天之內「旋滅旋生」沒有根，因為「美孚，旺角，屯門和灣仔」都是他們「移浮的城鄉」，他們坐着「生活快車」，終日在城市各區浮移，「生命的窗子在一列快車之上此起彼落地開合」，「走過了就走過了」，「錯過了的景點統統歸入里巷之尋常」，他們習以為常。那「生命的窗子」有等於無，他們終日埋首生計，無暇看一眼窗外的風景，所以詩人說他們「每天按時經過，完全沒有窗」。我們「在喧囂的街道和房子之間靜默相處」。

活在「迷宮那樣的大世界」，每天駕着「生活快車」的「三日店」老闆，也「必有過渡的台階，讓疲憊的喘氣，健碩的／凝聚上升或俯衝的力量」。「三日店」有它獨特的人情味，縱使客人「店和店誰是誰都分不清」，「老闆和伙計分不清誰是誰了原來是夫妻」，價廉物美效率高是交情，「不會收五毛」是必要的自尊。「有時你看我頗為寂寞慷慨跟我說點話／有時我

以為支支吾吾就能夠膨脹成記憶／我們的買賣漸漸大過了一椿買和賣」。他們學會了「從奔馳的風景撈取好看的硬照」。

　　胡燕青的〈三日店〉將香港小商戶的生計比喻成「生活快車」，葉輝將香港比喻成「迷宮那樣的大世界」。〈三日店〉是繁華都市的生活縮影，我們天天坐着「生活快車」，在這沒完沒了的「迷宮一樣的大世界」裏循環不息，「三天之後，我們在不同的處所又老了一些」；我們「在喧囂的街道和房子之間靜默相處／在遊戲和幻覺之間，長大或老長不大」。香港人永遠保持着一顆拼搏的心──「獅子山精神」。

月光

　　香港是一座不夜城，夜香港的霓虹舉世知名，見證了終
日奔波忙碌、日夜顛倒的港人生活。我們大抵忘記了鬧市上
空、自己頭上還有一片青天，忘記了霓虹處處的摩天大廈之
間還有一輪明月。台灣詩人洛夫筆下的〈香港的月光〉，最能
體現都市化的「香港印象」：

香港的月光　　　｜　洛夫

香港的月光比貓輕
比蛇冷
比隔壁自來水管的漏滴
　　　　還要虛無

過海底隧道時盡想這些
而且
牙痛

月明星稀，城市的霓虹、燈光早就掩蓋了頭上的月光和星空。香港的月光還在，只是輕輕的、冷冷的在陪伴着我們。甚麼時候，在辦公大樓的玻璃外牆上，在下班回家路上的車窗外，在失眠的晚上，在早起的床前，我們看見了月光？洛夫寫香港的月光，運用了我們意想不到的奇怪意象：「貓」、「蛇」和「水管的漏滴」。我們都知道貓行動「輕」，蛇的血和行動都「冷」，午夜隔壁水管的漏滴「虛無」。詩人說「香港的月光比貓輕／比蛇冷／比隔壁自來水管的漏滴／還要虛無」，將「香港的月光」的「輕」、「冷」和「虛無」，形象、生動地呈現在讀者面前：

- ✓ 香港的月光如貓（比貓更甚），每天輕輕的、不動聲色陪着我們走。
- ✓ 香港的月光如貓，輕輕的、悄悄地躲到鬧市上空的一角，不打擾埋首忙碌的香港人。
- ✓ 香港的月光如蛇（比蛇更甚），冷冷地生活，冷冷地走。
- ✓ 香港的月光如蛇（比蛇更甚）般冷酷，冷冷的月、冷冷的玻璃大廈、冷冷的人情。
- ✓ 香港的月光如隔壁自來水管的漏滴，聽見與聽不見之間，疑幻疑真。於是，想起自己故鄉那口老井、那水中的月亮、想起家⋯⋯

我們知道，「貓」和「蛇」兩個意象，在傳統的文學作品裏，往往代表邪惡和不祥。詩人以「貓」和「蛇」比喻「香港的月光」，就讓人聯想到現代化、都市化的「邪惡」和「不祥」，勾起我們對人類文明的反思。此詩的第二節，進一步將人與月、都市與大自然的疏離感推至高峰：

過海底隧道時盡想這些
而且
牙痛

洛夫寫〈香港的月光〉挑了「貓」和「蛇」和「隔壁自來水管的漏滴」來呈現月光與都市人的冷漠關係。詩的末節云：「過海底隧道時盡想這些」，想起「香港的月光」，進一步加強了「人」與「月」的疏離感。要看月、看月光，詩人不在「地面」看，卻偏要躲到「海底隧道」去「想這些」，還不是「看」。那是對「人造世界」的諷刺吧？人類文明，建造「石屎森林」的本事，竟建到地底、海底去了。大家似乎都樂於活在自己建造的世界裏，我們早就告別了大自然、告別了頭上那片青天、那顆月亮──在「過海底隧道」時，坐着「生活快車」日夜穿梭⋯⋯

〈香港的月光〉詩末「牙痛」一語在全詩擔當了畫龍點睛的角色。「牙痛」讓人想起「牙痛文學」。甚麼是「牙痛文學」？那是一些專寫個人生活瑣事、愛「無病呻吟」，文章內容無關痛癢、對社會沒有益處，不讀也罷的文章或文學作品。善感的詩人本來就不該活在一個不是詩的年代，卻在摩天大廈林立、霓虹處處的夜空裏，在海底隧道裏「嘲風弄月」哀悼香港的月光，能有幾個知音？詩人自嘲這是城裏人眼中「為賦新詞強說愁」的「牙痛文學」吧。

　　哀嘆看不到香港的月光的還有陳李才。我們讀讀他的〈桌燈與月亮〉：

桌燈與月亮　　｜　　陳李才

桌燈沒有比月亮圓
至少足夠照着
一堆無意義的文字

頭顱沒有比桌燈高
在如此高度下維持一貫的冷靜
思想與簇新的鍵盤同步

指尖上的結他線痕早已消失

尚未變成回憶

生活首先化為石頭

穿不透的灰

憑你如何凝視

也無非只是一種顏色

肚子沒有比頭顱硬

尤其是凌晨三時的即食麵

壓着重重的純粹理性

始終胃是思考的器官

桌燈突然熄滅

沒入黑夜

空無一物

遠方傳來生澀的歌聲

有鳥的形狀

　　陳李才的〈桌燈與月亮〉寫香港人常見的熬夜工作、學習的生活片段。多少個夜深人靜的晚上，獨對「一堆無意義的文字」，詩人由桌燈想到月亮，又由頭顱想到桌燈，再由肚子（胃）想到頭顱，層層推進……

詩的首節云「桌燈沒有比月亮圓」。詩人並無交代「桌燈沒有比月亮圓」的理由，卻跑去說：「至少足夠照着／一堆無意義的文字」。如果這是桌燈輸給月亮，「沒有比月亮圓」的原因，我們就想到桌燈不及月亮明亮。月照大地，而桌燈只夠照着「一堆無意義的文字」。大家都在照，桌燈不及月亮「圓滿」，「圓」是「圓滿」的意思。所以詩人說：「桌燈沒有比月亮圓」。

　　詩的第二節云「頭顱沒有比桌燈高」。詩人照例沒有交代「頭顱沒有比桌燈高」的理由，卻在寫桌燈讓人有一個冷靜、專注的工作環境。寫「生活首先化為石頭」，刻板、麻木，並且變成了「穿不透的灰」，那是生活唯一的顏色……

　　我們知道，頭顱本應比桌燈「高」。頭顱沒有比桌燈高，是因為頭顱活得不及桌燈自在、圓滿，桌燈替人照明盡本能，頭顱卻受了委屈，天天低着工作。為此，放棄了自己的興趣與夢想，「指尖上的結他線痕早已消失」。生活情趣「尚未變成回憶／生活首先化為石頭」，灰色的石頭、灰色的生活。這裏的「高」原來是「高尚」的意思。所以詩人說：「頭顱沒有比桌燈高」。我們也可以推想，頭顱也「沒有比桌燈圓」。

　　詩的第三節云「肚子沒有比頭顱硬」。這本來是客觀事實，詩人卻搬出奇怪的「理由」：說胃是思考的器官，凌晨

三時要吃即食麵充飢、要消化。看來這「硬」並非一般理解的「堅硬」的硬，而是堅強、硬朗的意思。「肚子沒有比頭顱硬」，因為頭顱是「純粹的理性」，肚子卻受制於飢餓，不能無所限制地工作。所以詩人說：「肚子沒有比頭顱硬」。我們也可以推想出，肚子沒有比頭顱「圓滿」。肚子沒有比頭顱高倒是客觀事實。

我們將三節的「比較內容」列出來看看：

節	比較項目	內涵	比較方法
第一節	桌燈沒有比月亮圓	圓滿	間接交代
第二節	頭顱沒有比桌燈高 頭顱沒有比桌燈圓	高尚 圓滿	間接交代 推想結果
第三節	肚子沒有比頭顱硬 肚子沒有比頭顱高 肚子沒有比頭顱圓	硬朗 高尚 圓滿	間接交代 推想結果 推想結果

細閱上表可見此詩的結構用心。「圓滿」、「高尚」、「硬朗」，由上而下，層層推進，層層累積，「生活」最終只剩下「不圓」、「不高」、「不硬」的肚子。活着是為了甚麼？

有了前面三節的鋪墊，才有第四節「桌燈突然熄滅／沒入黑夜／空無一物」的可貴。在我們繁忙、刻板的日常生活裏，

難得「空無一物」，暫時放下工作。「無物」才讓我們想起「生活」、想起「歌聲」。那久違了的歌聲，「生澀」之中「有鳥的形狀」，聲音喚醒人心，生活的感官一下子都回來了！原來桌燈以外，有歌有鳥，抬頭有明月。

陳李才的〈桌燈與月亮〉初次發表時，尚有第五節獨句成節云：「很久沒有抬頭看過月亮的圓」句（見《秋螢》復活四十二期，秋螢詩社出版，二零零六年十二月十五日）。新版本刪去了第五節，更加含蓄地交代了「沒入黑夜／空無一物」的弦外之音——渾圓的月亮一直在默默陪伴着香港人，只待我們抬頭看⋯⋯

〈桌燈與月亮〉的結構匠心，得力於三節結構相近的「沒有比」，拼貼出此詩獨特的行文節奏；三節錯綜巧妙的「沒有比」，也拼貼出此詩豐富的思想內涵。此詩首節拉開全詩的序幕，交代了「桌燈沒有比月亮圓滿」的感慨。第二部分內容，由第二節至第四節，集中寫桌燈下的生活苦況，然後讓「桌燈突然熄滅」，為末節打下抒情的基礎，讓我們反省「桌燈與月亮」代表的兩種生活。

高樓

　　如果說在桌燈和月亮之間，我們選擇了桌燈，那麼，在工廠和海之間，我們選擇了工廠，這是理所當然的結果？我想起潘步釗的〈高樓對海〉：

高樓對海　　　｜　潘步釗

高樓對海

坐擁一個下午的孤寂

工廠肩並肩地擠挨

煙囪嘆氣

傳染詩人吐出了一口濃痰

海

鬼祟地閃爍在工廠群後

午後陽光慵懶得

如做愛後的中年

把一被窩的愛慾

抖散

由床頭到床尾

（哪裏是開始！）

　　潘步釗的〈高樓對海〉運用擬人手法寫「高樓」、寫「工廠」、寫「煙囱」、寫「海」。「高樓對海／坐擁一個下午的孤寂」，「高樓孤寂」是因為「高樓對海」卻無海可對，只見「工廠肩並肩地擠挨」，並且吐着白煙，擋住了「高樓」的視線。而「海」跑到哪裏去了呢？詩人在第二節交代了「海」的行蹤，原來「（海）鬼祟地閃爍在工廠群後」，躲到工廠群的後面。難怪高樓「孤寂」。「海」其實沒走開，只是給擠到「工廠群後」。從前高樓對海，如今高樓對工廠。

　　甚麼時候，我們美麗的海港不見了？詩的第二節有這樣一個比喻：「午後陽光慵懶得／如做愛後的中年」。陽光是活力之源，如今變成了「做愛後的中年」──愛慾和精力日漸衰落，一副「慵懶」的模樣，沒有朝氣。這就是「鬼祟地閃爍」的海的寫照？「慵懶的陽光」，或者「閃爍」的海，「把一被窩愛慾／抖散／由床頭到床尾」，眼前是一個徹頭徹尾的「慵懶」的海港，一切都無從說起。詩末的幕後語（括號句）「哪裏是

開始！」既是對「鬼祟地閃爍」的海、吐白煙的海港、失去活力的海港的詰問，也是對現代「文明發展」的控訴。

〈高樓對海〉既寫「樓」也寫「人」，「高樓」本是人造出來的，詩人表面寫「高樓對海」，實在也在寫「人對海」。如果「海」代表大自然，「工廠」代表文明，那麼，文明與大自然似乎不可共存，有「工廠」就沒有了「海」。於是高樓對工廠，人對工廠；高樓孤寂，人也孤寂。這是人類文明的代價。難怪詩人說「煙囪嘆氣／傳染詩人吐出了一口濃痰」，「文明世界」容不下詩人，這是一個沒有詩的年代。

讀潘步釗的〈高樓對海〉，很自然就想起余光中的同名詩篇：

高樓對海（節錄）　　　｜　　余光中

高樓對海，長窗向西
黃昏之來多彩而神祕
落日去時，把海峽交給晚霞
晚霞去時，把海峽交給燈塔
我的桌燈也同時亮起
於是禮成，夜，便算開始了
……

余光中筆下的〈高樓對海〉，領我們到高樓窗前，看一個美麗的海峽，「黃昏之來多彩而神祕」，「落日去時」有晚霞，晚霞之後，海峽有燈塔照耀，然後有「我的桌燈」。詩人層層遞進，替美麗的海灣拉開夜幕……

余光中的〈高樓對海〉是美麗的，潘步釗的「高樓對海」卻是孤寂的。在香港，讓高樓對海孤寂的何止工廠大廈？其實，我們自己就身處高樓之中。為了爭取更好的風景，大家拼命地蓋高大住宅、建商業大樓，於是我們互相遮擋、互相讓對方孤寂，便造就了香港維多利亞港兩岸，太平山上層層疊疊，摩天大廈林立的獨特都市景觀。

二零一三年初，我在尖沙咀香港藝術館參觀完「安迪·華荷：十五分鐘的永恆」展覽，在連接兩個展覽廳的通道上，放眼玻璃幕牆外是高度商業化的香港維多利亞海港兩岸景色——一個讓我們驕傲，卻同時也讓我們慚愧的都市，實在也是一個活生生的普普藝術展品，便寫下〈從安迪華荷藝術展館走出來〉：

從安迪華荷藝術展館走出來　　　｜　　陳永康

灰濛濛的剪影

是愈飄愈遠的太平山色

老襯亭的故事浸透

絲絹的氣孔，填滿了

大廈的格子，幻化成

沒有內容的一方輪廓

結領帶或者趕地鐵

螢幕和霓虹，愛與恨

我們最終變成

一方單純的蒼白

重重疊疊，從對岸

複製過來，摩天大廈的玻璃

映着海面刺眼的鱗光

砌不出魚的形狀，一幢黑影

遊過，貨櫃船慢慢

拉開大海銀色的外衣

照見彼岸

節節上升的倒影

在連接兩個展覽館的通道外

在金寶湯與夢露之間

是我們

最最普普主義的

維港

〈從安迪華荷藝術展館走出來〉是記敍參觀安迪‧華荷藝術展之後「觸景生情」之作。

讓我們先來認識一下安迪‧華荷（Andy Warhol，1928-1987）：安迪‧華荷是美國藝術家、印刷家、電影攝影師，是視覺藝術運動普普藝術（Pop Art）的開創者之一。普普畫家們主張創作從生活出發，喜歡將大眾媒體、流行文化和商業文化元素，包括商品造型、名人圖像、新聞事件等直接注入作品中，甚至直接複製、拼貼成作品，一反商業與藝術互不相容的傳統。不過，普普藝術並不是單純的為了反傳統而反傳統，為商品化而商品化。普普主義通俗、商品化的藝術形式背後，卻又同時在諷刺人類的市儈與貪婪、俗氣和放任。

〈從安迪華荷藝術展館走出來〉刻畫維多利亞港兩岸景色，恰如安迪‧華荷慣用的絹印版畫：

> 灰濛濛的剪影
> 是愈飄愈遠的太平山色
> 老襯亭的故事浸透
> 絲絹的氣孔，填滿了
> 大廈的格子，幻化成
> 沒有內容的一方輪廓

春天的維多利亞海港，從尖沙咀眺望對岸太平山，「灰濛濛的剪影」，勾勒出山勢的輪廓。太平山上有一座「老襯亭」，百年來訴説着香港人的故事，都像油彩一般浸透入「絲絹的氣孔，填滿了」山下「重重疊疊，從對岸／複製過來」的「大廈的格子」。此刻，群廈高低起伏，連成一片，遠看亦如太平山一樣，都「幻化成／沒有內容的一方輪廓」。

至於大廈裏忙碌的香港人又如何？

> 結領帶或者趕地鐵
> 螢幕和霓虹，愛與恨
> 我們最終變成
> 一方單純的蒼白

繁華的維多利亞港，忙碌的香港人，最終換來「一方單純的蒼白」。

〈從安迪華荷藝術展館走出來〉不乏傳統與現代對照、反思的內容。太平山作為香港的背景，既代表了大自然，也代表了香港精神。太平山上「老襯亭的故事」見證勤勞的香港人如何從傳統走向現代。「愈飄愈遠的太平山色」、愈飄愈遠的舊香港；取而代之的是「複製過來，摩天大廈」，形成「節節

上升的倒影」；昔日的漁港，依舊「映着海面刺眼的鱗光」，卻「砌不出魚的形狀」；海面上沒有黑色的魚群，卻見「一幢黑影／遊過，貨櫃船慢慢／拉開大海銀色的外衣」。繁華的香港讓我們驕傲，卻同時又讓我們失落、慚愧，乃至迷失。如何面對「節節上升的倒影」？香港維多利亞港所展現的，正是安迪‧華荷要呈現的藝術效果。

在結束「印象」這一章之前，我想起鍾國強的〈華田〉。詩人抒發的情感，可能最能反映香港人的心聲，是對都市化的最好回應：

華田　　｜　鍾國強

我們讓光進去的時候
便發現裏面的粉末都凝結了
一塊塊像田裏翻出的泥團
我們用小匙敲鑿，它們退到罐緣
像一切從泥土裏出來的
那樣固執，不肯輕易粉碎

就像回家路上看見一桿鋤頭
在一望無人的田畦上靜止

崩缺的刃邊仍附着二三泥塊
默然等待下午茶後的勞動
背後總是筆直悠長的畦壟
給拌和的陽光，如昨日飽滿

如今穿過有如隧道的樹林
便見高速公路突兀在眼前
腰斬了的田堵住沒出路的水
還要拌合一種甚麼滋味呢？
營營蚊蚋中一座破廟
隱隱升起麻雀劈啪的鳴響

就像鬧市中我們不斷讓塵土
與砂粒依附，磨出心中越來越厚的
疙瘩，並恆常關在金屬華采中
讓情感乾掉。而在隆隆催趲聲中
我們總會不期然繞到商場背後
那些潮濡，卑微，晦暗的所在

我們讓光進來的時候
便發現我們都凝結了
一塊塊像田裏翻出的泥團

城市用目光敲鑿，我們退到邊緣

像一切從泥土裏出來的

那樣固執，不肯輕易粉碎

　　鍾國強的〈華田〉寫陪伴不少香港人成長的營養飲品阿華田（Ovaltine），簡稱「華田」。熟悉「華田」特性的朋友都知道，「華田」一經開罐飲用，裏面的粉末接觸空氣後，很容易受潮結成「華田塊」，依附在包裝鐵罐邊緣。再要飲用，打開鐵罐的蓋子，「讓光進去的時候／便發現裏面的粉末都凝結了」，要用小匙敲鑿。被敲鑿的「華田塊」，便「退到罐緣／像一切從泥土裏出來的／那樣固執，不肯輕易粉碎」。〈華田〉所呈現的，是香港人最熟悉不過的畫面。

　　不過，我們讀到詩的第二節，就發覺詩人寫「華田」其實是借題發揮，「華田」另有所指。此詩借「華田」起興，抒發對香港人「那樣固執，不肯輕易粉碎」的感慨。

　　〈華田〉是典型的借物抒懷詩篇。此詩從第二節開始，將不易粉碎的「華田塊」比喻為「一桿鋤頭／在一望無人的田畦上靜止／崩缺的刃邊仍附着二三泥塊／默然等待下午茶後的勞動」；將依附在鐵罐的「華田塊」比喻為農耕鋤頭上附着的泥塊。「華田」搖身一變，代表傳統的農耕社會。

我們繼續讀第三節便發現，這「回家路上」的農耕社會正在漸漸消失：

如今穿過有如隧道的樹林
便見高速公路突兀在眼前
腰斬了的田堵住沒出路的水
還要拌合一種甚麼滋味呢？
營營蚊蚋中一座破廟
隱隱升起麻雀劈啪的鳴響

鄉村的樹林、農田被高速公路腰斬了，城市建設正在入侵農村。破廟和隱隱的「麻雀劈啪」聲側面反映農村人煙稀少，廟宇香火不再，後生們都往城裏跑，留下老弱賦閒在家搓麻將……

我們讀到第四節才發現詩人寫〈華田〉的真正用意：

就像鬧市中我們不斷讓塵土
與砂粒依附，磨出心中越來越厚的
疙瘩，並恆常關在金屬華采中

第四節首句「就像鬧市中我們不斷讓塵土⋯⋯」一如第二節首句「就像回家路上看見一桿鋤頭⋯⋯」句，承接第一節的「華田」如泥塊「那樣固執，不肯輕易粉碎」展開。跑到城裏的「我們」，沾滿鬧市的「塵土與砂粒」，過着日夜奔波的生活；「我們」在金屬大廈裏忘情地工作，就像凝結了的「華田」，「恆常關在金屬華采中／讓情感乾掉」。

都市生活讓人透不過氣來，就像葉輝的〈我們活在迷宮那樣的大世界〉中所云，總有喘氣、休息的地方：

> 而在隆隆催趲聲中
> 我們總會不期然繞到商場背後
> 那些潮濕，卑微，晦暗的所在

原來在香港繁華大街、摩天商廈背後，總可以尋回「我們」乾掉的情感──那些「潮濕，卑微，晦暗」，日漸被現代化摒棄的傳統事物，像受了潮的「華田」一樣凝結成「固執，不肯輕易粉碎」的泥塊；那些「退到罐緣」，在橫街窄巷掙扎求存的傳統小商店，和店裏充滿人情味的小買賣，一如胡燕青的〈三日店〉所言，一直生生不息，一直為香港人所珍愛，一直在對抗着「城市的目光」和「敲鑿」。

鍾國強的〈華田〉顧名思義在抒寫「華田」——寫「華人的心田」，此詩寫香港人對傳統的執着和無奈，詩人要歌頌香港人「那樣固執，不肯輕易粉碎」的「華田精神」。

　　事實上，在高度現代化、商業化、華洋雜處的香港，在繁忙街道上，總有古老的雙層電車在自己專屬的鐵道上蹣跚而行，叮叮……叮叮……

　　這就是「香港印象」。

2

舊戲

——從前和將來都是街道外的事物

老街

　　叮叮……叮叮……古老電車穿梭於香港島的繁華街道，偌大的木箱子在百年軌道上來回滑行，每一個窗口都是攝影機的鏡頭。從上環到中環；從灣仔到銅鑼灣；從過去到現在，每條街都有她蜿蜒的故事，每個店舖都有自己曲折的身世。

　　讓我們讀讀陳滅的〈灣仔老街（之四）〉：

灣仔老街（之四）（節錄）　　｜　陳滅
（一）

	韻腳
收藏起魔術般的貨架如摺疊衣裳	a
收藏起神秘生活的小販互相傳遞	b
釋放城市每一路人給予的能量	a
每一天都是一張皺紋處處的紙幣	b

結束時點算，找續成明朝重遇的笑語　　　　　c
時鐘未停頓，古董的時間總不捨告別　　　　　d
看一眼未散盡的宇宙另一生活的去處　　　　　c
收拾五彩裙帶再留給晚間的幽魂繫結　　　　　d

手鍊、耳環、細小飾物響起微小節奏　　　　　e
獻給步履輕快的女性，在這裏過路　　　　　　f
電動車陪伴低垂着笑臉的大頭玩偶　　　　　　e

它的笑凝固了我們失去的一天　　　　　　　　g
是否它笑裏隱藏的悲哀與懼怖　　　　　　　　f
帶我們越過青春又再成長一遍　　　　　　　　g

　　當玻璃商廈、超級市場如雨後春筍般遍佈香港的時候，古老的灣仔區有自己成長的步伐，「古董的時間總不捨告別／看一眼未散盡的宇宙另一生活的去處」。陳滅的〈灣仔老街（之四）〉寫在灣仔區擺街的小販生活。小販攤檔是都市「大節奏」裏的「小插曲」；是「步履輕快的女性」，忙裏偷閒的「微小節奏」──「五彩裙帶」、「手鍊、耳環、細小飾物」、「電動車」和「低垂着笑臉的大頭玩偶」……

　　這裏地小人多，商舖林立，艱苦經營的小販們有「魔術」

一般的求生本能：「收藏起魔術般的貨架如摺疊衣裳」，「每一天都是一張皺紋處處的紙幣」。大都市裏有「神秘生活的小販」，一如「低垂着笑臉的大頭玩偶」，「它的笑凝固了我們失去的一天／是否它笑裏隱藏的悲哀與懼怖／帶我們越過青春又再成長一遍」。

陳滅的〈灣仔老街（之四）〉是一首「十四行詩」。「十四行詩」原是西方一種短篇詩歌形式，這種詩對韻腳和內容結構，都有嚴格的格式要求。中國人寫「十四行新詩」早於「白話文」運動，洋為中用的年代已經開始，陳滅的「十四行」是要為今天的香港老區謳歌。

我們循「十四行詩」的押韻規律，好容易找出此詩的押韻格式：首節四行句末，「裳」與「量」押韻、「遞」與「幣」押韻，即成abab式；第二節四行句末，「語」與「處」押韻、「別」與「結」押韻，成cdcd式；第三節第一行及第三行句末，「奏」與「偶」押韻，第四節第一行及第三行句末，「天」與「遍」押韻，第三節第二行與第四節第二行句末，「路」與「怖」押韻。第三節與第四節，兩節的押韻格式分別是efe、gfg（見「韻腳」註）。「十四行詩」不斷轉換韻腳，且穿插、交替的安排，讓詩讀起來鏗然悅耳之餘，也不會沉悶。

除了押韻，詩人造句也作了刻意的安排。我們來讀讀首

節，就發覺朗讀節奏，應該是這樣的：（以「／」分隔節奏單位，即「音尺」）

收藏起／魔術般的／貨架／如／摺疊衣裳
收藏起／神秘生活的／小販／互相／傳遞
釋放／城市／每一路人／給予的／能量
每一天／都是／一張／皺紋處處的／紙幣

我們知道，一個句子由多個節奏單位組成，一個節奏單位又叫一個音尺（也叫音步）。上面各句，都由五個音尺組成，這就讓我們想起十四行英詩的「五步抑揚格」。我們依英詩五個音尺，一高一低，一抑一揚的朗讀方法，試着讀上面的詩句，就可以體會「五步抑揚格」變成中國文字後的音樂美。此詩餘下的章節，大抵都符合「五步抑揚格」的造句原則，你可以試着參考上面的分割方法，替餘下各節詩句分割音尺，然後再朗讀一次，體會全詩高低起伏的語音節奏——那是由老區生活奏出的音樂。

老婦

　　陳滅的〈灣仔老街〉洋為中用,是傳統與現代交織出來的節奏。吳呂南的〈灣仔摘芽菜的老婦人〉同樣要為灣仔謳歌,他將鏡頭稍為收窄、聚焦:

灣仔摘芽菜的老婦人 　｜　吳呂南

我守着我小小的街角
皇后大道東汽車川流不息
從早到晚
就像我黑白相間的頭髮
垂下頭勤快地截去頭尾
只留下玉臂一段的荳芽
一斤一塊工資
每日吃着清早剩下的便當
夕陽煦煦地移過來時
我招呼我的朋友吃捲煙

從前和將來都是街道外的事物
從我的手中摘掉
我守着我小小的街角
只有一段一段潔白的心事

　　吳呂南的〈灣仔摘芽菜的老婦人〉顧名思義，寫一位在灣仔摘芽菜的老婦人，在「小小的街角」，守着「只有一段一段潔白的心事」，要與日益現代化的香港社會唱反調。

　　「皇后大道東汽車川流不息／從早到晚／就像我黑白相間的頭髮」三句，「早」是「白」，「晚」就是「黑」。詩人以皇后大道的早晚景色，比喻「我」黑白相間的頭髮，暗示「我」在「小小的街角」，已經活到一把年紀，「守」到頭髮花白。「我」每天守在街角替人摘芽菜，「一斤一塊工資」，「每日吃着清早剩下的便當／夕陽煦煦地移過來時／我招呼我的朋友吃捲煙」，「我」守住清貧、平淡的生活。「我」也守住當下的自在，從不為從前和將來而煩惱，不問世事。所以說「從前和將來都是街道外的事物／從我的手中摘掉」，留下「只有一段一段潔白的心事」。「一段一段潔白」的，不正正就是截去了頭尾的芽菜麼？原來截去頭尾，潔白的芽菜，正正是老婦人的寫照。

　　〈灣仔摘芽菜的老婦人〉的結構匠心，源自詩中的比喻。

我們將內容疏理一下，就得出以下的比喻關係：

喻體	摘芽菜	截去頭尾	留住潔白的一段
本體	老婦人的生活	摘掉從前和將來 摘掉街道外的事物	留住當下清淡的生活 守住（留住）我小小的街角到白頭 守住（留住）清貧、平淡的生活 守住（留住）當下

潔白的芽菜代表灣仔老婦潔白、清淡的生活；潔白的芽菜，是忙碌的香港人午夜夢迴的生活象徵。

歌頌繁華都市老婦形象的還有王良和的〈賣菜的老婦〉：

賣菜的老婦 | 王良和

很難走近她的身影我知道，這樣坐着
紙皮盒上僅一綑柚葉，幾個合掌瓜
還有兩紮根鬚洗得發亮的草藥
十元八塊，如果我全部買下，她就可以回家
收拾污損的尼龍袋，支着枴杖，結束今天的工作
而我只挨着欄杆，四五步外

望着她規矩地，忠誠地，守候自己的生命

左右轉動着頭顱，像奇怪的鐘擺

時間停頓仍不停擺動，感覺來來往往的腳步

甚麼時候突然，在面前停下，問問價錢

或者整個早上都要坐在那裏

時間和生命，越來越便宜，連秤都不需

可是她這樣平靜，好像不急於鬻出收成，好像這是

很好的生活。而我已經不耐，邁步轉向鐵路博物館

我知道有許多機會經過那裏，或者出於需要

買下合用的東西，我想她明天仍在那裏等候成熟的陽
　　光和風雨

我想明天，她仍有新鮮的柚葉和合掌瓜

　　王良和的〈賣菜的老婦〉寫「我」眼中的一位賣菜婦，情
節簡單，沒有驚人的場面和詩句，全詩主要由詩中的「我」對
「她」的內心獨白來交代。詩甫開首，「我」「很難走近她的身
影」是句雙關語，一方面如實交代「她」坐在街頭擺賣，身影
矮小，所以「很難走近她的身影」的情況；另一方面，抒發
「我」自感渺小，難以走近「她的身影」的情感。

　　「她」是一位每天坐在鬧市街頭、擺賣瓜果草藥的老婦。
老婦「平靜」「不急於鬻出收成」，「整個早上都要坐在那裏」

等待客人，面對「時間和生命，越來越便宜」，「可是她這樣平靜」，每天都在那裏「等候成熟的陽光和風雨」。「賣菜的老婦」忠於生命、熱愛生活的人生態度感動了詩人。於是「我只挨着欄杆，四五步外」，「望着她規矩地，忠誠地，守候自己的生命」。「我」不會「做好心」，將老婦的便宜貨品買下，以「結束（她）今天的工作」，是對老婦的尊重，也是「我」「很難走近她的身影」的深層意思。

〈賣菜的老婦〉運用的意象不多，值得留意的有「柚葉」、「合掌瓜」和「根鬚」，其中「柚葉」和「合掌瓜」前後出現過兩次。這些意象表面上只是老婦擺賣「十元八塊」的便宜貨品，卻間接塑造了老婦面對生活「堅定、祥和、自足」的高大形象。我們細心分析各個意象的內涵，好容易找到與此詩主題互相呼應的內容。

「合掌瓜」合十的模樣，代表祥和，忠於生活；「柚葉」清新、清香。廣東人相信用柚子葉洗澡可以洗霉氣，象徵生機，充滿希望；「根鬚」代表堅定、扎實、踏實和自信……

三個意象包含的思想內涵，與老婦忠於生活、熱愛生活的人生態度互相呼應。到底詩中的意象，是出於巧合，還是詩人的刻意安排呢？或者是「巧合的生活」刺激了詩人，觸發了創作靈感？我們相信文學源自生活，生活造就了藝術。「賣

菜的老婦」和「摘芽菜的老婦」一樣，是香港繁華街道旁「挨着欄杆」、摩天大樓背後「小小的街角」，隨處可見的風景。

我還要帶大家沿街看「老婦風景」，我要帶你到「社會福利署的門前」、到「滙豐銀行的門口」：

賣報紙的老婆婆 | 鄧阿藍

有雨落着
有雨落在
社會福利署的門前
賣報紙的老婆婆
依然坐在那裏
遞給人一份報紙

有雨落在眼睛上
有雨落在晚上
有雨落在早報上
有一些新聞
是有雨落在冬天
有雨落在晚上
有雨落在早報上

有一些新聞

是香港的政府

開始建造

地下火車的鐵路

有雨落在晚上

有雨落在早報上

有一些新聞

是香港的社會福利署

開始照顧

七十五歲的老人

有雨落在晚上

有雨落在早報上

有一些新聞

是滙豐銀行的門口

凍死了

一個六十四歲的乞兒

有雨落在晚上

有雨落在早報上

有一些新聞

是長大的兒子

不願意養

老了的母親

有雨落在身上
賣報紙的老婆婆
分不出
面孔和冬天
哪一樣更冷

有雨落着
有雨落在
社會福利署的告示牌上
賣報紙的老婆婆
依然坐在那裏
遞給人一份報紙

　　讀鄧阿藍的〈賣報紙的老婆婆〉，內心就如此詩般下着綿
綿不絕的雨水⋯⋯

　　此詩由三節寫成，主要記敍一個從早到晚在雨中在「社會
福利署的門前」賣報紙的老婆婆。全詩主要內容集中在第二
節，詩人以「有雨落在晚上／有雨落在早報上」句穿插其中，
具體呈現老婆婆從「晚上」開始，到賣「早報」的時候「依然
坐在那裏／遞給人一份報紙」的情況。詩人還大量運用「有雨
落⋯⋯」句（共有十六句）營造綿綿不絕的下雨情況。

我們細閱第二節內容，就發覺首句「有雨落在眼睛上」，與節末結語「賣報紙的老婆婆／分不出／面孔和冬天／哪一樣更冷」遙相呼應。原來詩人除了記敘賣報紙的地點，「社會福利署的門前」「有雨落」，也同時借老婆婆的眼睛「有雨落」──賣報紙的老婆婆日夜以淚洗臉，淚水和雨水混在一起，讓人「分不出／面孔和冬天／哪一樣更冷」來控訴無情的雨水、控訴無情的社會⋯⋯

於是，我們可以這樣理解詩中「雨水」的含意：

1.「有雨落在眼睛上⋯⋯」是婆婆的眼睛在流淚；
2.「有雨落在晚上⋯⋯」是「晚上在流淚」，一個哀傷的晚上；
3.「有雨落在早報上⋯⋯」是「早報上有讓人流淚的新聞」。

鄧阿藍的〈賣報紙的老婆婆〉寫於上世紀七十年代，正值香港經濟起飛的時候。詩人借無情的雨水和淚水，控訴都市發展背後、弱肉強食的現實社會。我們將第二節的內容整理一下，在「有雨落在晚上／有雨落在早報上」之間，社會高速發展與老婆婆掙扎求存的強烈反差，就赤裸裸地呈現在我們面前：

大都市	小角色
社會福利署的門前	賣報紙的老婆婆
遞給人一份報紙（都市新聞）	賣報紙的老婆婆靠賣讓人流淚的新聞養活自己 （賣報紙的婆婆本身就是一則新聞）
有一些新聞 是有雨落在冬天	有雨落在身上 賣報紙的老婆婆 分不出 面孔和冬天 哪一樣更冷
有一些新聞 是香港的社會福利署 開始照顧 七十五歲的老人	有一些新聞 是滙豐銀行的門口 凍死了 一個六十四歲的乞兒
有一些新聞 是香港的政府 開始建造 地下火車的鐵路	有一些新聞 是長大的兒子 不願意養 老了的母親

我們在「大都市」和「小角色」之間，好容易把握當中的諷刺意味：「賣報紙的老婆婆」偏偏在「社會福利署的門前」，「遞給人一份報紙」；「賣報紙的老婆婆」靠賣讓人流淚的新聞養活自己——「香港的社會福利署／開始照顧／七十五歲的老

人」；在「滙豐銀行的門口」的「一個六十四歲的乞兒」等不到

七十五歲便「凍死了」，朱門酒肉臭；經濟飛躍「香港的政府／

開始建造／地下火車的鐵路」；卻有「長大的兒子／不願意養／

老了的母親」——「賣報紙的老婆婆」本身就是一則「讓人流

淚的新聞」。

舊戲

　　繁華的香港，除了有「老婦風景」，也不乏「老頭風景」；有賣菜、賣報求生的老婦，也有守着古老手藝、咬着「棺材釘」的老頭：

咬着「棺材釘」的老頭　　　｜　　飲江

咬着「棺材釘」
孤獨的老頭孤獨地
守着一種
手工業
他將煙紙攤在掌心
他將煙絲搖在煙紙裏
他將手輕輕合上
輕輕合上輕輕地搓輕輕地捲
像捲動在古老歲月裏的
捲筒機

然後，他將煙捲
湊近舌尖
輕輕一舔讓全身
瀰滿辛辣的煙味
他滿頭斑白
像一堆煙灰
他熬過長夜的眼睛
像灰燼裏
孤獨的火

咬着「棺材釘」
孤獨的老頭
劃亮一根一根
孤獨的火
他點燃自己
吸啜自己
又孤獨地
搓捲自己

　　飲江的〈咬着「棺材釘」的老頭〉記敍一個「咬着『棺材釘』/孤獨的老頭」的日常。甚麼是「棺材釘」？那是在香煙還沒有機械化製造，沒有發明香煙濾嘴之前的一種手捲香煙。

要製作「棺材釘」，得先將煙絲鋪在一張名片大小的煙紙上（對角線鋪好），再沿煙紙對角線捲成一頭粗一頭幼的一根香煙，最後「將煙捲／湊近舌尖／輕輕一舔」黏貼好，就成了可以吸食的「棺材釘」。此詩花大篇幅記敘了這個捲煙的過程：

> 他將煙紙攤在掌心
> 他將煙絲掐在煙紙裏
> 他將手輕輕合上
> 輕輕合上輕輕地搓輕輕地捲
> 像捲動在古老歲月裏的
> 捲筒機
> 然後，他將煙捲
> 湊近舌尖
> 輕輕一舔讓全身
> 瀰滿辛辣的煙味

　　飲江的〈咬着「棺材釘」的老頭〉除了記敘老頭捲製古老的「棺材釘」的過程，也同時在記敘一個與時代脫節、一個孤獨的老頭。詩人將「咬着『棺材釘』的老頭」比喻成「他」手中的「棺材釘」。

　　「他滿頭斑白／像一堆煙灰」——燃燒的「棺材釘」末端

（煙頭）有一堆煙灰；「他」的末端（頭部）也有一堆如灰的白髮。

「他熬過長夜的眼睛／像灰燼裏／孤獨的火」——燃燒的「棺材釘」末端（煙頭）灰燼裏有紅紅的火光；「他」熬夜的眼睛（頭部）裏有充滿血絲的火紅。「棺材釘」的火光是都市霓虹裏「孤獨的火」；「他」是城裏守着「棺材釘」的唯一老頭。

「孤獨的火／他點燃自己／吸啜自己／又孤獨地／搓捲自己」——孤獨的「他」點燃孤獨的「棺材釘」；「他」獨自吸啜「棺材釘」，「棺材釘」吸啜獨自的「他」；陋巷裏「他」「孤獨地」捲曲自己；霓虹暗處「棺材釘」也「孤獨地」給搓捲成一根香煙。「他」和「棺材釘」已經合而為一。

在生活日益機械化、效率化，人人抽濾嘴香煙、講時尚的年代裏，「咬着『棺材釘』的老頭」和他手中的「棺材釘」一樣，成為鬧市中一個獨特「風景」——漸漸老去的一代人，孤獨的「他」正在吸啜着燃燒、漸漸消失的「棺材釘」；老頭和「棺材釘」一起「點燃自己／吸啜自己」，最終將同歸於盡。

同歸於盡之後將迎來一個怎樣的世界？讓我們跟着梁秉鈞的〈醃檸檬〉到香港的水鄉走走：

醃檸檬　　│　梁秉鈞

沿路走過

吊腳的棚屋

一盆鮮黃的檸檬

帶着白色的鹽漬

檸檬的芬芳

鹽的鮮香

我們沿路走向碼頭

鐵皮的屋脊

支撐着酷熱

門前漬水逐漸污濁

褪色的布簾內

紫紅色蝦醬

強烈的氣味

一盆鮮黃的檸檬

帶着白色鹽漬

小孩在泥污中玩耍

年輕人都已離去

到城裏工作

鹽田填上泥土

鹽倉只餘下頹垣

一盆檸檬

　　帶着鹽漬

　　打魚的人更少了

　　離開海洋的魚

　　用報紙封着嘴巴

　　在時日和鹽漬中變幻

　　一個老婦人

　　瑟縮在鐵皮屋內

　　腳旁一盆

　　棕黑色的醃檸檬

　　梁秉鈞的〈醃檸檬〉寫水鄉的古老製作「醃檸檬」、寫水鄉「在時日和鹽漬中變幻」、寫水鄉人去樓空,「一個老婦人／瑟縮在鐵皮屋內」如「棕黑色的醃檸檬」……

　　〈醃檸檬〉一氣呵成沒有分節,我們可以從此詩的獨特外貌建築把握詩人的創作用心。此詩記敍「醃檸檬」的三組句子都向後挪兩格,我們將這三組句子摘錄、排列出來看看:

　　一盆鮮黃的檸檬

　　帶着白色的鹽漬

　　檸檬的芬芳

鹽的鮮香

一盆鮮黃的檸檬
帶着白色鹽漬

一盆檸檬
帶着鹽漬

　　原來三組描述「醃檸檬」的句子，由上而下排列出「醃檸檬」的三個進程：首先是一盆上面「帶着白色的鹽漬」、「檸檬的芬芳」和「鹽的鮮香」味的「鮮黃的檸檬」。然後「鮮黃的檸檬」失去了「檸檬的芬芳」和「鹽的鮮香」。繼而又失去「鮮黃」和「白色」，空餘「檸檬」和「鹽漬」。到了最後階段變成了老婦人「腳旁一盆／棕黑色的醃檸檬」。「醃檸檬」到了最後的階段，詩人並沒有將「棕黑色的醃檸檬」如上文般往後挪兩格，而是與「一個老婦人」一起頂格處理。這點我們容後討論。

　　我們回頭看「醃檸檬」以外的內容。那是記敍「我們」「沿路走過／吊腳的棚屋」、記敍「我們沿路走向碼頭」水鄉所見所聞。詩中記敍「我們」看見水鄉棚屋日漸荒涼的生活情況：「支撐着酷熱」、「門前漬水逐漸污濁」、「小孩在泥污中玩耍／

年輕人都已離去／到城裏工作／鹽田填上泥土／鹽倉只餘下垣」。水鄉的面貌如「醃檸檬」一樣，逐漸失去她原有的「色彩」和「芬芳」，「打魚的人更少了」，一切都「在時日和鹽漬中變幻」，最後就只有「一個老婦人／瑟縮在鐵皮屋內／腳旁一盆／棕黑色的醃檸檬」。

文末，詩人刻意將「一個老婦」和沿途所見的「醃檸檬」合而為一，以「一盆／棕黑色的醃檸檬」作結，成就「老婦」和「醃檸檬」的比喻關係──鮮黃的檸檬經過醃製最終變成「棕黑色的醃檸檬」；水鄉的「老婦」經過「時日和鹽漬」的洗禮，也變成了一個「棕黑色的醃檸檬」。這是將「棕黑色的醃檸檬」與「一個老婦人」一起頂格「並排」處理的用意。

在香港，將鮮香收藏的棕黑色的「醃檸檬」當作是感冒、止咳，以至減肥的良藥；「醃檸檬」也是一種很受當地人歡迎的烹飪食材。在香港，水鄉有老婦人守着一盆棕黑色的醃檸檬；霓虹背後有咬着棺材釘的老頭；社會福署門前有賣報紙的老婆婆；馬路欄杆旁有賣菜的老婦；灣仔有摘芽菜的老婦人。香港人有一句老話：「家有一老，如有一寶」。在日新月異的香港社會，我們總保留着像「醃檸檬」一樣的寶物，總有讓人感動的「老角」、「舊戲」在城市的角落天天上演……

3

童話

——天空飄過第一朵雲

繞過

伴隨着香港社會高速發展的，除了有日漸遭逢淘汰的老角、舊戲，還有現代童話故事。且讓我們跟着阿藍的詩，一窺早年香港童工的辛酸：

不要讓爸爸知道 | 阿藍

小鼻子
聞着花叢的氣味
把工場當做體操的地方
塑膠機
當做一個一個同學
那多麼好

皮球，追逐，嬉鬧
呼吸草地的空氣
慢慢長大的腦子

也曉得想

那個時候

孩子也懂得

爸爸病了

苦澀的味道

有一杯咖啡

那多麼好

孩子今晚要開夜

要開夜的孩子

不要哭

那些咖啡

有過很高的樹

那些樹木

有過風雨的季節

握實士巴拿

鐵模和螺絲

要用力上緊

要聽師傅的話

要記住

面上的手指印

要記住

樹在難看的泥土上會長大

會有一日

在哭的牆內

和勞工處先生

談談外面的生活

不要哭　　不要哭

你長大後

街道上還有很多兒童

揹起了工具

經過可愛的學校

孩子啊孩子

難聞的偈油裏

一條一條軸輪

已經轉動

不同顏色的膠粒

漸漸變成朵朵向日葵了

不要哭啊　　孩子

爸爸病了

不要讓爸爸知道

今日被勞工處趕過

今日被廠長罵過

今晚被師傅打過

　　阿藍的〈不要讓爸爸知道〉寫於上世紀七十年代，正值香港經濟起飛、工廠林立的年代，當時，勞工密集工業促使不少廠商罔顧法律聘用童工。另一方面，貧苦大眾為了生計，也不惜送年少的兒女到工廠出賣勞力。小小年紀，本應在學校裏接受教育，與同年紀的小孩一起健康成長，可是，阿藍筆下的童工生活卻讓人讀來心酸。可憐天下父母心，年紀小小的兒女在工廠裏工作到底有多少「不要讓爸爸知道」的辛酸呢？工廠裏的「塑膠機」有「難聞的偈油」、有「不同顏色的膠粒／漸漸變成朵朵向日葵了」；「孩子今晚要開夜」，要「握實士巴拿／鐵模和螺絲／要用力上緊／要聽師傅的話」是可想而知的。「今日被廠長罵過／今晚被師傅打過」，「面上的手指印」；「今日被勞工處趕過」，「在哭的牆內／和勞工處先生／談談外面的生活」，年紀小小要向執法人員説謊，編造在「（工廠）外面的生活」；「爸爸病了／苦澀的味道」，「小鼻子」要為生計、為父母的健康而擔憂，卻是千萬「不要讓爸爸知道」的呀！

　　「不要讓爸爸知道」是工廠裏的「小鼻子」要時刻提醒自己的「誡律」；「不要讓爸爸知道」是「苦澀的味道」，要自己

吃、獨力扛;「不要讓爸爸知道」也盡顯作者(長輩)對「小
鼻子」的憐憫和呵護之情。身體髮膚受諸父母,「小鼻子」千
萬不可以讓父母擔憂,工廠裏縱有「苦澀的味道」也要忍耐下
去,要堅強「不要哭」、「要記住」、「不要哭　不要哭」、「孩
子啊孩子」、「不要哭啊　孩子」、「不要讓爸爸知道」!「小鼻
子」自強、自勵,作者(長輩)憐憫呵護、親切關懷的語調貫
穿全詩。

　　充滿憐愛和關懷的〈不要讓爸爸知道〉將「不要讓爸爸知
道」的苦況,變成「可以讓爸爸知道」的童話:詩人將「小鼻
子」每天在工廠裏嗅着「難聞的偈油」,說成「小鼻子/聞着花
叢的氣味」;「把工場當做體操的地方/塑膠機/當做一個一個
同學」;「握實士巴拿/鐵模和螺絲/要用力上緊」,將每天在
工廠裏的勞作,說成是和同學們踢「皮球,追逐,嬉鬧/呼吸
草地的空氣」,「樹在難看的泥土上會長大」,「塑膠機」裏有
「不同顏色的膠粒/漸漸變成朵朵向日葵了」⋯⋯苦中作樂的
故事貫穿全詩。

　　寫〈不要讓爸爸知道〉的阿藍,還將工廠裏的「小鼻子」
慢慢變成一棵不怕風雨、自強不息的大樹。詩人在第二節由
「皮球」想到「慢慢長大的腦子」;由「爸爸病了」想到「苦澀的
味道」;由「苦澀的味道」想到「咖啡」;由「咖啡」想到「有過

很高的樹」，想到「那些樹木／有過風雨的季節」，再想到「樹
在難看的泥土上會長大」，最後是「漸漸變成朵朵向日葵了」。
阿藍十分擅於替信手拈來的意象插上聯想的翅膀，此詩到了
中段，「小樹成長」成為了全文的骨幹，艱辛的「小鼻子」最終
搖身一變成為「向日葵」；「苦澀」變成了成長的動力，替可憐
的「小鼻子」擦乾了淚水，「樹在難看的泥土上會長大」，漸漸
成為一棵飽經風雨的大樹！童工生活一下子變得理所當然。
那無疑是對童工問題莫大的控訴，也是對無法改變的社會現
實的一種自我安慰。

　　阿藍的〈不要讓爸爸知道〉寫七十年代香港失學童工的辛
酸。到了世紀末，問題似乎仍未解決，胡燕青的〈繞過〉同樣
寫少年失學：

繞過　　｜　胡燕青

你讓我半躺着坐下
然後繞到我背後
用手托起我的頭
我們開始說話
水夠暖嗎？

3　童話　　　　　　　　　　　　　　　　　　　　　63

還好。

我把頸項的肌肉鬆弛下來

閉上眼睛。你青嫩的聲音

正說着懶音的廣東話，甜甜的

像鑽進耳朵的一溜清風

還帶着校服的氣味

小姐在哪兒工作？你竟叫我小姐。

教書。

是教中學的先生呢。

我教大學。

啊！你小小的失控驚呼

落在我剛剛瞇上的眼皮上

我偷偷張開眼睛，想看看你的臉

你又加了一點洗頭水

大片清香敷落我的面額

你的臉，我看不見

你雙手開始揉動我的太陽穴

舒服嗎？

好舒服，謝謝你。但我實在不知應該怎麼謝你

水聲再一次湧動

冷熱的調校滑出了常規

過冷的洪流去後，太熱的浪潮興起

我無法掌握交談的溫度

身體微微震顫，你馬上說對不起

我的手也輕微伸展，想拍拍你的肩

本來要問你 以前也輕易對父母說對不起嗎？

我卻說了 你很年輕，年輕得叫人羨慕。

還年輕嗎？我已經做了兩年，人都老了，

老師的職業才叫人羨慕。要護髮素？

護髮的程序開解不了纏結的感覺

我無法擺脫那樣的圖像

十幾歲的女兒穿着校服

捧着一個陌生人的頭，一直搓揉

孩子，辛苦嗎？

如果可以，想進大學嗎？

要學寫作，還是壘球？

你好像聽懂了我的心事

自言自語地說

老師的學生都很聰明吧？

上學的時候是最好玩的。

好了，可以剪髮了。

溫暖的毛巾包裹着我濕透的頭顱
但水珠還在不該滴下的地方滴下
你的聲音宣告工作已經完成
人也消失了
校服的氣味散入剛剛泛起的夜色

頭髮快將剪完的時候
我從鏡子的反映中瞥見你
單薄的影子
背着我，面貌因暈霧模糊
剛從校園高調的群落掉隊脫出
鋪子的暗角裏靜靜抽煙
髮型師拿着電風筒
在我面前晃來晃去
你卻那麼安靜
思索的熒屏中也有你
最後進出的校門嗎？
取過大衣，你馬上就要從我
淺窄的視野下班了

喜歡嗎？
髮型師問道

你的好奇的目光緩緩移過來
我正要和你打招呼
你已開步離去，繞過了我
無聲的探問。看來我正是
你今天最無聊的客人

　　胡燕青的〈繞過〉發表於一九九九年七月，此詩寫「我」
光顧理髮店的感受。詩人詳細記敍洗頭、理髮的經過，特別
是「我」和「洗頭妹」的對話。「我」是在大學裏教書的老師，
面對剛輟學、在理髮店裏工作的「洗頭妹」，禁不住教育工作
者的「職業病」，處處流露對「洗頭妹」的關心和慰問。因此，
此詩的語言特別親切、自然。「我偷偷張開眼睛，想看看你的
臉」，「我從鏡子的反映中瞥見你」，「你很年輕，年輕得叫人
羨慕」，你「剛從校園高調的群落掉隊脫出」，這是誰的錯？
「十幾歲的女兒穿着校服／捧着一個陌生人的頭，一直搓揉／
孩子，辛苦嗎？」，「如果可以，想進大學嗎？／要學寫作，還
是壘球？」。「我實在不知應該怎麼謝你」的「服務」，無法擺
脫的歉疚和心痛。此詩透過長輩關懷的口吻盡訴詩情，我們
甚至不覺得在讀一首詩，而是在聆聽一位教育工作者的心聲。
　　詩人也擅於借題發揮，在記敍洗頭、理髮的過程中，透

過一語雙關、充滿張力的情節和意象，呈現關懷之情：

1. 由「水夠暖嗎？」變成「交談的溫度」

此詩第一至第三節記敍洗頭過程，「我」和「你」的交談由調校水溫開始，然後慢慢將話題轉移到兩人身份的互相探問。原來「你」是「還帶着校服的氣味」的「洗頭妹」，「我」是在大學裏教書的老師。這就引發了兩人的「冷暖攻防戰」。教師的「職業病」驅使「我」關心「你」這個太早輟學的「洗頭妹」；剛丟下書包的「你」，特別害怕面對老師好奇的目光和探問。「我偷偷張開眼睛，想看看你的臉」，而「你又加了一點洗頭水／大片清香敷落我的面額／你的臉，我看不見」。熱心的老師碰上冷淡的學生，所以詩人説：「冷熱的調校滑出了常規／過冷的洪流去後，太熱的浪潮興起／我無法掌握交談的溫度」。「冷暖」成了這幾節文字的中心意象，當中包含了「水的溫度」和「交談的溫度」。

2. 由「要護髮素？」變成「開解不了纏結的感覺」

洗頭到了塗護髮素的時候。「你」問「我」「要護髮素」？「我」又借題發揮，説甚麼「護髮素的程序開解不了纏結的感覺／我無法擺脱那樣的圖像／十幾歲的女兒穿着校服／捧着一

個陌生人的頭，一直搓揉／孩子，辛苦嗎？／如果可以，想進大學嗎？／要學寫作，還是壘球？」。「我」在為「還帶着校服的氣味」的「女兒」輟學工作而愧疚、心痛。沒有老師願意看見學生輟學，沒有父母願意自己的兒女過早投入工作。「你」也說：「上學的時候是最好玩的」。那麼，這是誰的錯呢？「護髮素」無法解開我「纏結的感覺」，引發了我們對教育的反思。

3. 由「水珠仍在不該滴下的地方滴下」到「我從鏡子的反映中瞥見你」

　　頭洗完了，「溫暖的毛巾包裹着我濕透的頭顱」，「你」和「我」的「交易」完了。但「水珠還在不該滴下的地方滴下」，「我」仍未能放下那纏結的感覺。「我從鏡子的反映中瞥見你」，「剛從校園高調的群落掉隊脫出」。此刻，「鋪子的暗角裏靜靜抽煙」，想着甚麼呢？有想到「最後進出的校門嗎？」，「我」在為「你」的將來擔憂。

4. 由「喜歡嗎？」到「我正要和你打招呼」

　　理髮完畢。髮型師問道：「喜歡嗎？」，「你的好奇的目光緩緩移過來」，似要看「老師」如何給你的服務「打分」。「我正要和你打招呼／你已開步離去，繞過了我／無聲的探問」。

「你」始終害怕面對「我」、也害怕面對自己。詩人説「看來我正是/你今天最無聊的客人」,結束了理髮店裏的「師生邂逅」、結束了此詩,卻仍留下值得我們深思的教育問題。

此詩「繞過」一詞,也是一個語帶雙關、充滿張力的意象。「繞過」貫穿全詩,原來可以有三個解釋:

1. 記敍「你」在替「我」洗頭時的行動

首段「你讓我半躺着坐下/然後繞到我背後」,這是理髮的第一個程序,常見的「繞過」動作。末段「我正要和你打招呼/你已開步離去,繞過了我」,理髮完畢,「你」「繞過」了「我」下班了。這裏首尾呼應記敍的兩次「繞過」,表面看來並無特別之處,卻與詩中的「繞過」內涵互相呼應,形成詩趣。

2. 記敍「你」和「我」交談過程中,「繞過」了「我」的目光和探問

當知道「我」是在大學裏教書的,「你」就「小小的失控驚呼」。「我偷偷張開眼睛,想看看你的臉/你又加了一點洗頭水/大片清香敷落我的面額/你的臉,我看不見」,「你」故意「繞過」「我」好奇的目光。「你很年輕,年輕得叫人羨慕」,為甚麼不上學呢?「你」「繞過」了「我」的探問和關心,讓「我

無法掌握交談的溫度」，成了「你今天最無聊的客人」。這部份的「繞過」是此詩的主要內涵。

3. 第三個「繞過」，在文中沒有直接交代

詩中的「你」，「還帶着校服的氣味」在理髮店工作，間接告訴我們，「你」「繞過」了自己的讀書年齡，太早跑到社會上工作。此詩表面上寫「你」和「我」的「師生邂逅」，卻引發出學生「繞過」學業，過早投身工作的教育問題，以至社會問題。這是此詩的深層次內涵。

彩虹

可憐少年盡識愁滋味，我們告別了童年失學的悲哀，卻也未必一帆風順。讓我們先讀讀這一首：

屋邨仔　　|　洛謀

屋邨仔背着書包
在樓下士多買包媽咪麵
行上一層樓梯
穿過昏黃的走廊
等較等到劫
連人帶書包半挨在長凳上
八樓陳師奶又同十三樓福伯講
今朝早架較又有人屙尿
梗係又係十二樓個四眼強

四眼強我都識

住喺斜對面嗰個吖嘛

阿嫲成日叫佢做鬍鬚強

十一樓出車軑，行返上屋企時

屋邨仔見到樓梯口噴住紅色字

叫某某人還錢

之前那裏用黑筆寫住水房

屋邨仔問阿爸係點解

阿爸唔肯答

在屋企食完麵

攤在床上睇下季節又似人生

之後問阿爺攞五蚊

背起書包就落小童群益會

當然不會這麼快就到

當然會去下辦館

換一堆五毫子

在舖頭後面彈下波子

贏咗，咪買包薯片食囉

有時不去小童群益會

屋邨仔會去找七樓的同學

上來教他踩單車

同學推單車的後面
屋邨仔從走廊頭踩到走廊尾
停一停挨着圍欄看飛機
再從走廊尾開車
閃避阿禾踩滑板
哎吔弊家伙
一個失平衡踩爛咗劉師奶個香爐
還是快點搬埋單車落十樓再踩過

　　洛謀的〈屋邨仔〉記敍小童在政府屋邨成長的生活片段，也是不少香港勞苦大眾童年的縮影。隨着香港房價不斷上漲，政府興建了大量廉租屋邨供普羅市民居住。顧名思義，在廉租屋邨成長的小孩便是本地人俗稱的「屋邨仔」。

　　洛謀筆下的「屋邨仔」雖然有書讀，卻自小要學會照顧自己：

　　屋邨仔背着書包
　　在樓下士多買包媽咪麵

吃「媽咪麵」的「屋邨仔」原來沒有媽咪為自己做午餐。除了吃，「屋邨仔」也會替自己安排課外活動：

在屋企食完麵
攤在床上睇下季節又似人生
之後問阿爺攞五蚊
背起書包就落小童群益會

香港的「小童群益會」致力照顧被家庭忽略的兒童，讓許多無
所事事流連街頭的街童重拾正軌，是青少年學習、娛樂的好
去處。「屋邨仔」：

有時不去小童群益會
屋邨仔會去找七樓的同學
上來教他踩單車
同學推單車的後面
屋邨仔從走廊頭踩到走廊尾
停一停挨着圍欄看飛機

「屋邨仔」家住狹窄的屋邨，在「昏黃的走廊」踩單車，「閃避
阿禾踩滑板」，「一個失平衡踩爛咗劉師奶個香爐」，然後「搬
埋單車落十樓再踩過」。在惡劣環境成長的「屋邨仔」貧亦樂。

　　「屋邨仔」還要面對品流複雜的鄰居：「架𨋢又有人屙
尿」，「樓梯口噴住紅色字／叫某某人還錢／之前那裏用黑筆寫

住水房」。可幸那都是大人的事,「屋邨仔」不會做壞事:

　　　　當然會去下辦館
　　　　換一堆五毫子
　　　　在舖頭後面彈下波子
　　　　贏咗,咪買包薯片食囉

洛謀的〈屋邨仔〉往往以口語入詩,親切的語言訴說親切的故事。一個知足自愛、自得其樂的「屋邨仔」躍然紙上。
　　「背着書包」的「屋邨仔」自得其樂,有一個快樂的童年。
　　周漢輝的〈大美督環保行〉卻要展現「背着書包」的無奈:

大美督環保行 　　｜　　周漢輝

　　　　對學生一再說明
　　　　這次不是旅行
　　　　他們沒有別的問題了:
　　　　零食與玩意呢
　　　　車窗外城的面龐別過去
　　　　一把聲音叫起山呀
　　　　另一把呼應,那是海呀

我身旁那貪睡的
醒過來：是不是回去了

擴音器面向我們
及其他小學的師生
一再說明環保是甚麼甚麼
我們等着，沒有別的問題
幾隻燕子從近岸樹上
向山腳滑去，在叢林消失
又折返，又有幾隻加入
在我們頭上來去，看準了
低處，一群水蚊的來去
老師，它們在偷聽——
他指向天空

沒有雲在，只有白帆揚起
下水，影子伸來剛觸及岸
我們才回過頭，見大隊
打樹蔭下拐彎，逐一不見
又復現：當我們趕上

轉角後上山斜斜

學生戲說成，爬山了
不過是走一段水泥路
來到我們該到的水壩
山海間稍息，喝點水
又有問，零食與玩意呢

鈴聲逆着風吹
單車幾可追及，聲音
聯群從後越過
又留下風阻我們行進
是他們呀
我也記得他們推車上山
給遊人超前又超前

壩下水流有時
埋頭圍擊着礁石
有時湧積向大海——
水藍上一點黃一點紅一點青
不動如島，猜想是滑浪風帆
我們還要走到哪裏

我們還要走到哪裏

未有回答學生及自己
大隊裏不少人已往回走
而前方山霧淡淡若起
有甚麼意思
停下來對學生一再說明
這次不是旅行，然後
讓他們拿出零食與玩意

喧鬧聲中步出，眼前
就有風箏起飛又墜落
執線的人執意放飛
沒有留意附近
白鷺獨站於水波邊
水下也就倒掛了另一隻

還有學生喜歡寧靜
也走過來直面海水
喝着汽水 —— 一口一口
自飲管中上落，彷彿
呼吸着腳下的濤浪
喝光了，白鷺即飛走了
他遠遠望着，淺笑着

3　童話

我卻錯看水下那隻浮起

幾乎生了憂傷呢

天空飄過第一朵雲

　　周漢輝的〈大美督環保行〉記敍一次學校師生參加戶外學習活動——「環保行」，詩人細述沿途所見所感，間接反映現代教育的艱辛和不易。「環保」是現代文明的產物，缺乏學習動機是新時代學生的普遍情況？於是，教育總愛「一再強調」、總愛嘮叨，老師苦口婆心誘導學生學習的苦況貫穿全詩：

✓　「對學生一再說明／這次不是旅行／他們沒有別的問題了：／零食與玩意呢」
✓　「一再說明環保是甚麼甚麼／我們等着，沒有別的問題」
✓　「又有問，零食與玩意呢」
✓　「有甚麼意思／停下來對學生一再說明／這次不是旅行，然後／讓他們拿出零食與玩意」

學生對嚴肅的「環保」問題提不起興趣——「他們沒有別的問題了」、「沒有別的問題」，明知戶外學習「不是旅行」，卻不

斷追問「零食與玩意」。行程才剛開始，「我身旁那貪睡的／醒過來：是不是回去了」。幾經艱辛到了活動的尾聲，老師終於妥協「讓他們拿出零食與玩意」。然後又埋怨「我們還要走到哪裏」……

不過，在「一再強調」，半推半就的帶領下，「環保行」還是有成果的，哪怕是微不足道──詩人卻有意無意間花大篇幅娓娓道來：

✓ 「車窗外城的面龐別過去／一把聲音叫起山呀／另一把呼應，那是海呀」

✓ 「幾隻燕子從近岸樹上／向山腳滑去，在叢林消失／又折返，又有幾隻加入／在我們頭上來去，看準了／低處，一群水蚊的來去／老師，它們在偷聽──／他指向天空」

✓ 「轉角後上山斜斜／學生戲說成，爬山了／不過是走一段水泥路／來到我們該到的水壩」

✓ 「還有學生喜歡寧靜／也走過來直面海水／喝着汽水──一口一口／自飲管中上落，彷彿／呼吸着腳下的濤浪／喝光了，白鷺即飛走了／他遠遠望着，淺笑着」

學生無知、天真、富想像力的呼叫聲，將「走一段水泥路」叫作「爬山」容或有點可笑。然而，卻是讓「城的面龐別過去」；

讓「山呀」、「海呀」、「燕子」、「水蚊」、「水壩」和「霧」湊過來的難得經驗。況且,「還有學生喜歡寧靜」,願意「直面海水」,一邊「喝着汽水」淺笑着看白鷺遠飛……所以,詩人感慨:「我卻錯看水下那隻浮起/幾乎生了憂傷呢」。「憂傷」是難得片刻的寧靜轉眼「飛去」了;「憂傷」也慨嘆「寧靜」如白鷺、如水中月般疑幻疑真,輕易消失。文末,「天空飄過第一朵雲」,與前文「沒有雲在,只有白帆揚起」遙相呼應。如果戶外「環保行」,是為了看雲,如今終於看到「飄過第一朵雲」,當是語帶雙關的慨嘆:一方面實寫有雲飄過(有白鷺飛過?)大家不枉此行;一方面為終有學生能領略「環保行」的意義而慨嘆。

周漢輝的〈大美督環保行〉是一首得獎詩。詩人十分擅於將詩意收藏在看似瑣碎、隨意的敘事細節上。此詩記「環保行」的艱辛,寫現代教育工作的不易。新時代的學生嬌生慣養,生活「不假外求」,對身邊的事物「他們沒有別的問題了」。於是,「環保行」在「零食與玩意」之間推行,老師苦口婆心「一再強調」,如放風箏一樣,「風箏起飛又墜落/執線的人執意放飛」;如「壩下水流有時/埋頭圍擊着礁石/有時湧積向大海——」;又如「幾隻燕子從近岸樹上/向山腳滑去,在叢林消失/又折返,又有幾隻加入」;大家斷斷續續地「見

香港詩賞

大隊／打樹蔭下拐彎，逐一不見／又復現：當我們趕上」，「鈴聲逆着風吹」、「又留下風阻我們行進」，「我們還要走到哪裏／未有回答學生及自己／大隊裏不少人已往回走／而前方山霧淡淡若起／有甚麼意思」；「然後」唯有「讓他們拿出零食與玩意」。幾經艱辛終於從「喧鬧聲中步出」，贏得片刻寧靜，看「天空飄過第一朵雲」、飛過一隻白鷺……「環保行」就是這樣在拉拉扯扯、哄哄騙騙、「亦步亦趨」、威迫利誘；在汗水與淚水、在身心疲累的點滴努力和累積下完成。

周漢輝的〈大美督環保行〉讓人讀來吃力、沉重。禾迪對「環保」卻另有一番體會，我嚮往她的〈彩虹〉：

彩虹　　｜　　禾迪

汽車瀉下一灘油污
在陽光下
流動出五彩

孩子彎下身去
指着那一抹顏色說
「彩虹。」

禾迪的〈彩虹〉由兩節寫成，此詩內容看似簡單易明，卻耐人尋味。讀這類詩，我們不妨依詩的外貌結構，上下兩節對照來讀：「陽光」對應「孩子」，「孩子」就等於「陽光」；五彩的「油污」對應「彩虹」，「油污」就等於「彩虹」⋯⋯

「陽光」下沒有「陰暗」的事物；「孩子」眼中也沒有「油污」。孩子都沒有受世俗污染，孩子的世界最純潔，孩子「無污」。

孩子是「陽光」，有「陽光」就有「能量」，倒瀉油污的汽車都充滿活力，載着孩子的笑聲到處跑，孩子「樂天」。

寫〈彩虹〉的禾迪是個成年人，寫「童詩」可以返老還童。我們都有一顆不老的童心，童言童話可以「去污」。或者可以逃避現實，苦中作樂。現代都市，汽車廢氣污染空氣，抬頭哪裏找藍天彩虹？低頭卻見「彩虹」處處，照見從前有過的七彩生活，快樂的童年！如今在油污的反光裏追憶，是苦中作樂，也是哀悼。

童言無忌，童言無知。寫〈彩虹〉的禾迪旨在呈現童言童心，白描故事如童心一樣沒有污染，是以詩人也沒有加進自己的想法和感受。在沒有彩虹的都市，該如何給孩子說出真相——油污不是彩虹？該往哪裏去找一條真彩虹給孩子看？「詩何言哉」原來張口結舌。〈彩虹〉到底要說愛油污的童言無

知，還是罵造汽車排「彩虹」污染世界的大人無知？此詩的諷刺意味由一個「無污」的童話故事道出更加強烈。

　　讀禾迪的〈彩虹〉可以清除我們心中的污染物，回復一顆童心。關夢南的〈九龍塘〉直接將我們帶去一個充滿色彩的花花世界、一個美好的童話天地：

九龍塘　　　｜　關夢南

推着吱吱的嬰孩車

走進黃槐花的世界

和鳳凰木的碎葉

看見他們徐徐降下

一半落在

人家的園中

一半落在

石牆的外面

帆布縫成的車蓋

這時也盛滿了

各種各樣的顏色

孩子的眼睛

眨呀眨的仰望

相信那是天空的雲彩

媽媽拿來放在

自己的頭上

妻瞧着微微的笑了

　　關夢南的〈九龍塘〉內容簡單、清新。此詩記敍詩人在九龍塘所見所感；寫一個母親「推着吱吱的嬰孩車／走進黃槐花的世界」、走進「鳳凰木的碎葉」飄落的天地。花葉飄落本是自然界平常事，卻感動了多愁善感的詩人和他的妻子：

看見他們徐徐降下

一半落在

人家的園中

一半落在

石牆的外面

帆布縫成的車蓋

這時也盛滿了

各種各樣的顏色

　　香港的九龍塘是高尚住宅區，這裏到處有由「石牆」包圍的「人家的園」，園外道旁也常停泊着高級轎車。九龍塘「黃

槐花的世界」和「鳳凰木的碎葉」卻無分貴賤，將「各種各樣的顏色」一半灑給「人家的園中」，一半灑給「石牆的外面」，連道旁「帆布縫成的車蓋」，「這時也盛滿了／各種各樣的顏色」。「吱吱的嬰孩車」也沐浴在「雲彩」處處、有「各種各樣的顏色」的天地之中，這是一個無分彼此的世界！一個美好的世界！一個幸福的世界！

此外，落花無意，稚子無知，詩人卻說成「孩子的眼睛／眨呀眨的仰望／相信那是天空的雲彩」。此刻，「雲彩」落在「人家的園」，落在「石牆的外面」，落在「帆布縫成的車蓋」。好漂亮的雲彩！那該是彩虹吧？孩子目不暇給……推「吱吱的嬰孩車」的母親心有不甘，便伸手將「雲彩」駐在「自己的頭上」。於是，「孩子的眼睛／眨呀眨的仰望」雲彩、仰望母親……「妻瞧着微微的笑了」——當媽媽的都知道，「母親」才是孩子身邊永遠不會飄走的一朵雲彩。關夢南的〈九龍塘〉寫雲彩下成長的新一代。

4

家常

——最底下的蘿蔔以清甜吸收了一切濃香

濃香

　　看過香港的舊戲、老角，也讀過現代童話故事。還有許多香港故事，在城市的角落天天上演，都值得我們細味。且讓我們從衣食說起……

晾衣　　｜　　葉英傑

那次搬家，媽媽
常常惦記的是
不要忘了那些
晒衣裳竹。

媽媽打開窗戶，像撐竿跳運動員般
把竹竿稍稍舉高，伸出
向右轉，讓竹竿末端
穿進窗外，外牆另一頭伸出的鐵架
上面其中一個鐵圈裏

「鏗」的一聲發出；接着
到這一邊
也發出「鏗」的一聲。
可以透一口氣了——

把衣物
逐一
套入
晒衣裳竹
攤開。

對面樓的花貓
在窗前散步，尾巴
向上翹起，尾尖向前微彎
但願牠
不會分心。
地下車房的狗
吠了起來
牠是不是發出警告

整個下午
我伏在窗邊的床上，看陽光

在我床上，被一格格方框圍住
起初，方框是一個個
扁扁的平衡四邊形
有一陣子，會短暫撐成
應該的正方，輕撫
會感到燙手。

到了應該把衣衫收回來的時候
衣衫一整天在外面煎熬
都散架了

媽媽把他們撫平，再摺疊好。

　　葉英傑的〈晾衣〉花大篇幅仔細描述媽媽晾衣，將曬衣裳竹「穿進窗外，外牆另一頭伸出的鐵架／上面其中一個鐵圈裏」，再穿另一邊的鐵圈，然後「可以透一口氣了——」。「把衣物／逐一／套入／晒衣裳竹／攤開」，晾衣工作才算圓滿。

　　居住高樓大廈，尤其在公共房屋居住的香港人，日常晾衣是一項十分吃力和危險的工作。將竹竿伸出窗外，再探身外面晾衣，稍一不慎便失去平衡，晾衣婦連人帶竹竿一齊墮樓的意外，在香港時有所聞。原來一個簡單的日常晾衣勞

作，可以危機重重。不過，住高樓要晾衣卻是生活「必需的危險」。所以每當要搬家，「媽媽/常常惦記的是/不要忘記了那些/晒衣裳竹」。詩人細意描述媽媽晾衣的動作神態就變得別具意義。即便如此，詩人也只是平淡如水般白描媽媽晾衣的舉止動作，沒有歌頌母親的偉大詩句。葉英傑的〈晾衣〉用「平常語」訴說「平常事」，將感情收藏得不着痕跡，一切都顯得那麼自然而然。

不過，我們小心掀開此詩的白描面紗，便發現平凡詩文原來暗藏「平衡道理」。媽媽高樓晾衣、花貓高樓散步，都危機處處，關鍵在於「平衡」。所以，媽媽要「像撐竿跳運動員」；花貓要「尾巴/向上翹起，尾尖向前微彎」。在高樓成長的「我」，就有一個「像撐竿跳運動員」一樣強壯、懂得「平衡」的媽媽照顧，便可以「整個下午/我伏在窗邊的床上，看陽光」，在陽光下成長——給「一個個/扁扁的平衡四邊形」圍住。「我」就是那個「應該的正方」、那個「有一陣子，會短暫撐成/應該的正方，輕撫/會感到燙手」的「陽光中」的孩子——「我」「整個下午」都有「平衡四邊形」圍住：媽媽撐起竹竿為「我」晾衣，照顧「我」的生活；「陽光」撐起窗框照耀「我」成長。我們將詩人小心隱藏的比喻關係繪製成表就一目了然：

角色	動作	心思	目的
媽媽	撐竿	平衡（竹竿）	晾衣（生活）
花貓	翹尾巴	平衡（身體）	散步（生活）
陽光	撐（投影）窗框	平衡（四邊形）	照耀（成長）

葉英傑的〈晾衣〉透過寫媽媽日常晾衣的勞作，歌頌平凡而偉大的母愛。待到詩快要結束時，「衣衫一整天在外面煎熬／都散架了」衣服曬乾了，詩人寫媽媽收衣衫也語重心長、語帶雙關：「媽媽把他們撫平，再摺疊好」。「他們」既指衣衫，也指家人、兒女——媽媽為「我」、為家人撫平「一整天在外面煎熬」。生活路上再艱辛、再崎嶇不平，也有媽媽撫慰、「疊好」再奮鬥。

由「衣」想到「食」，我們就由梁秉鈞的〈香港盆菜〉開始品嘗：

香港盆菜 | 梁秉鈞

應該有燒米鴨和煎海蝦放在上位
階級的次序層層分得清楚

撩撥的筷子卻逐漸顛倒了

圍頭五味雞與粗俗的豬皮

狼狽的宋朝將軍兵敗後逃到此地

一個大木盆裏吃漁民貯藏的餘糧

圍坐灘頭進食無復昔日的鐘鳴鼎食

遠離京畿的輝煌且試鄉民的野味

無法虛排在高處只能隨時日的消耗下陷

不管願不願意亦難不醮底層的顏色

吃久了你無法隔絕北菇與排魷的交流

關係顛倒互相沾染影響了在上的潔癖

誰也無法阻止肉汁自然流下的去向

最底下的蘿蔔以清甜吸收了一切濃香

　　梁秉鈞的〈香港盆菜〉記敘香港人熟悉的吃「盆菜」過程。詩中也提到香港「盆菜」的起源:「狼狽的宋朝將軍兵敗後逃到此地／一個大木盆裏吃漁民貯藏的餘糧／圍坐灘頭進食無復昔日的鐘鳴鼎食／遠離京畿的輝煌且試鄉民的野味」。原來這著名的「盆菜」是當年鄉民用來招呼兵敗南逃到香港的宋朝將軍的「餘糧」,是將不同菜餚混合一起的「大雜燴」。

　　用大木盆盛載的「香港盆菜」,原來「階級的次序層層分

得清楚」，菜餚都由上而下排列有序。貴價食物「燒米鴨和煎海蝦放在上位」，還有「最底下的蘿蔔」。不過，到了吃「盆菜」的時候，這個秩序很快就蕩然無存，食客「撩撥的筷子卻逐漸顛倒了／圍頭五味雞與粗俗的豬皮」，詩的第二節就細意刻畫這個混亂的情況：

> 無法虛排在高處只能隨時日的消耗下陷
> 不管願不願意亦難不醮底層的顏色
> 吃久了你無法隔絕北菇與排魷的交流
> 關係顛倒互相沾染影響了在上的潔癖
> 誰也無法阻止肉汁自然流下的去向
> 最底下的蘿蔔以清甜吸收了一切濃香

這就是香港人吃盆菜的情況。「無法隔絕的交流」的何止盆中的菜餚？一家人圍坐吃「盆菜」，「關係顛倒互相沾染」可以增進感情，所以「盆菜」是不少香港人逢時過節必備的傳統菜餚。

梁秉鈞的〈香港盆菜〉除了記敘食客圍坐吃菜餚、增進感情，還暗藏詩人對世事人情的感悟。「香港盆菜」的身世本來就是一個傳奇故事，吃慣了「鐘鳴鼎食」的宋朝將軍，兵敗流

落香港——「無法隔絕的官民交流」、「無法虛排在高處只能隨時日的消耗下陷／不管願不願意亦難不醮底層的顏色」、「誰也無法阻止肉汁自然流下的去向」、無法改變的歷史洪流。「昔日鐘鳴鼎食」的將軍如今圍坐吃「漁民貯藏的餘糧」,「關係顛倒互相沾染影響了在上的潔癖」。一語雙關的詩句,道盡了世事變遷的規律。詩末「最底下的蘿蔔以清甜吸收了一切濃香」句,一語道破生活的真諦:最底下的一層盡得生活的濃香。

慢活

就讓我們順着梁秉鈞的指示，到生活的底層尋找香港人生活的濃香吧。我想起黎漢傑的〈喝茶〉：

喝茶 | 黎漢傑

點心紙愛理不理的躺在桌面
沾了茶漬，濕着醬油
等待熟客隨手翻閱的特價點心紙
嗅一嗅同桌食客的蝦餃
阿公和阿婆清一清嗓子
待伙計加水進加不完的茶壺
幾頁免費報紙看了又看
殺人放火已是我城每天必然的頭條
今天給識字不多的阿公言中
又有人跳海
臨海卻腳軟了

阿婆不明白
香港人衣食住行樣樣有
還要求甚麼？
點心到
快起筷品嚐常吃的
甜酸苦辣，兩個小時了
他罵她別一個人吃整籠叉燒包
她罵他噴嚏打到她的臉
結賬之前，阿婆對阿公說
今天食了七碟九十六元
比昨天少四元呢

　　黎漢傑的〈喝茶〉記敍阿公阿婆在茶樓喝茶的情況。要知道，香港人日常說的「喝茶」其實不止喝茶，那是邊吃點心邊喝茶的飲食活動。席間當然也不離風花雪月、閒話家常、聯絡感情。讀黎漢傑的〈喝茶〉，可以窺見社會的縮影。

　　〈喝茶〉反映阿公和阿婆悠閒愜意的退休生活。茶樓「特價點心」提供廉價美食，可以盡享甜酸苦辣，「伙計加水進加不完的茶壺」。「免費報紙看了又看」，世事「愛理不理」，足以消磨兩小時。結賬「比昨天少了四元呢」，繁忙都市難得簡單慢活，難怪阿婆慨嘆：「香港人衣食住行樣樣有／還要求甚

麼？」

〈喝茶〉在阿公和阿婆喝茶吃點心閒談中隱藏不安。手上看了又看的原來是「殺人放火已是我城每天必然的頭條」，「識字不多的阿公言中／又有人跳海／臨海卻腳軟了」。繁華都市天天上演人間悲劇，「免費」任人「看了又看」，成為茶餘飯後的家常。「香港人衣食住行樣樣有」，我們除了「喝茶」果腹，「還要求甚麼」？這是富裕社會、物質天堂的通病吧？原來生活不易。

〈喝茶〉盡顯阿公和阿婆的生活智慧。「識字不多的阿公」，每天喝茶嘗盡「甜酸苦辣」，看透世情。「特價點心」知足常樂，世事如「點心紙愛理不理的躺在桌面」。「他罵她別一個人吃整籠叉燒包／她罵他噴嚏打到她的臉」，很快又相親相愛，得意忘形「今天食了七碟九十六元／比昨天少四元呢」。你和我何來「隔夜仇」？簡單慢活，互相尊重就好，「香港人衣食住行樣樣有／還要求甚麼」？

簡單慢活，充滿人情味的生活遍佈香港每個角落，讓我們讀讀這一首：

藍地（1989-1990） ｜ 麥樹堅

一

瓷器碰撞，我能想像那些老得像阿伯的
伙計，不斷將湯匙拋入
茶客的碗裏，再開一張點心紀錄卡

紀錄卡的印好像小妹的老師
用來記錄操行表現的動物
蓋一個印，就來了一塊馬拉糕
我抬頭離開滲透漂白水味的枱布
陣陣綠葉的香味，一輛貨車的聲音
從高處的門口進入。我看見對面的阿伯
拆地雷那樣小心地拆開雞札，吃掉上面的鵪鶉蛋
普洱茶的倒影中，斜視的胖大嬸
忙着舀粥蓋印。處處都有熱氣蒸騰的迷霧
每一張枱都是一件盛事，一場喜宴
外公挪開《東方日報》，拈起叉燒包
醬紅色的汁和白色的包對比鮮明
與酒樓古怪的藍綠色牆壁並不合襯
很多老人拉低他們的老花眼鏡

看着我在開水的氣味裏食燒賣
外婆不斷問我們吃不吃糯米雞
我和小妹正用牙籤量度枱布的破洞

二

黑加侖子味冰棒，滴濕了街市的泥路
我忘了拖着小妹，很專心地看籮裏的皮蛋
雞蛋和鴨蛋。帳篷下的攤檔
一塊濕的木板擺着鮮艷的蕃茄和茄子
葱，白菜，芫荽，蘿蔔
都帶一種農田的香味，我們
看到農家純熟的蹲姿，在母雞的顧盼裏
用不純正的廣東話叫賣

賣瓷器的男人應該是很餓的
面對着碗碟盤罈，又面對滿街的菜蔬鮮果
報紙的油墨香怎可解饞
佛寺的鐘聲低低敲響，瓷器有種
低吟的共鳴，僧人開始早課了

小妹的冰棒溶得七七八八

我們伸出舌頭，她的青綠色
我的紫紅色，都很鮮艷

三

回家的路繞過一片叫桃園圍的
蕉林。潮濕的泥土，悅目的啡色
一種誠實的味道，伴着蟬鳴的早晨
曬着村屋生銹的鐵皮屋頂

軟化的柏油路甩出黑色的碎石
被白布鞋踢得滾前幾呎
狗尾草的莖很嫩，負擔不起小毛球的重量

汽車在我們右邊飛馳，外公挽着的膠袋
在風中窸窸作響。他敞開的短袖襯衫
飛起如一件海軍斗篷

那路好直好長，不時有人騎着單車
運送新鮮的蔬果，鈴鈴鈴鈴
我和小妹指點着公路對面的大廈
數算外公居住的單位

爬上天橋很快就可以回去了

我和小妹會歪着頭沉沉睡去

而外婆讀着馬報的小字

在搖動的電風扇旁聽粵曲

　　麥樹堅的〈藍地（1989-1990）〉由三部分組成：第一部分記敍茶樓喝茶的情況；第二部分寫街市所見；第三部分寫「回家的路」。「藍地」地處香港新界屯門區鄉郊，詩題註明（1989-1990），正值詩人十周歲（詩人生於1979年）。看來詩人要領我們去參觀他兒時成長的舊香港農村風貌，尋找八、九十年代新市鎮發展變遷的軌跡。

　　〈藍地（1989-1990）〉內容簡單易明，詩中呈現豐富的畫面讓人目不暇給。我們將「雜然前陳」的畫面疏理好，就發現詩人向我們呈現的第一幕，是一個新舊交疊、長幼一堂的熱鬧「茶市」場面：

舊香港	新時代
「瓷器碰撞」 「老得像阿伯的/伙計」 「漂白水味的枱布」 「酒樓古怪的藍綠色牆壁」 「老人拉低他們的老花眼鏡」	「紀錄卡的印好像小妹的老師 用來記錄操行表現的動物 蓋一個印，就來了一塊馬拉糕」 「一輛貨車的聲音/從高處的門口進入」 「我和小妹正用牙籤量度枱布的破洞」

茶樓的瓷器碰撞聲、漂白水味、過時的裝潢和老花眼鏡，與小妹眼中馬拉糕的「操行紀錄卡」、「枱布的破洞」和高處的貨車聲新舊交疊，正是八、九十年代香港發展的縮影。

第二幕詩人帶我們走「藍地」「街市的泥路」，看「帳篷下的攤檔」、看「一塊濕的木板擺着鮮艷的蕃茄和茄子/葱，白菜，芫茜，蘿蔔」、看「農家純熟的蹲姿」；聽「不純正的廣東話叫賣」、聽佛寺鐘聲。還有讓人發笑的「賣瓷器的男人」，守着自己的「碗碟盤罇，又面對滿街的菜蔬鮮果/報紙的油墨香怎可解饞」。「黑加侖子味冰棒，滴濕了街市的泥路」，「我」和「小妹」青澀的童年恰似街市的顏色，「我們伸出舌頭，她的青綠色/我的紫紅色，都很鮮艷」。

第三幕寫「回家路上」，詩人帶我們「繞過」誠實、悅目的蕉林、狗尾草、蟬鳴和鐵皮屋，走一段「好直好長」，「軟化的柏油路」，再「爬上天橋」，「家」就在「公路對面的大廈」。在「回家路上」，詩人安排了一個十分滑稽、耐人尋味的畫面：

> 汽車在我們右邊飛馳，外公挽着的膠袋
> 在風中霎霎作響。他敞開的短袖襯衫
> 飛起如一件海軍斗篷

如果「汽車」和「膠袋」象徵現代化，「外公」和他的「短袖襯衫」代表傳統，那麼，「飛起如一件海軍斗篷」的「將軍形象」是藍地街市留給詩人和讀者的最後印象？離開了海洋的「海軍斗篷」還有用武之地？「白布鞋」只能將碎石「踢得滾前幾呎」，無法踢走一條「軟化的柏油路」，恰似「狗尾草的莖很嫩」。而此時，在「家」的相反方向「不時有人騎着單車／運送新鮮的蔬果，鈴鈴鈴鈴」。哪裏才是我們的「家」？麥樹堅的〈藍地〉呈現一個舊香港——我們的「家」，正漸漸的遠離我們……

告別了舊式茶樓、舊式街市，日益忙碌的香港人愛上了快餐店。我要帶大家去香港的茶餐廳，一起讀讀鍾國強的〈福華街茶餐廳〉：

福華街茶餐廳 | 鍾國強

卡位直背而我總是

直不起背來

一個慵慵的下午

工作在遠方喊着寂寞

曾是午餐肉和煎蛋盤踞的飯丘

只剩幾顆油粒各自黯然

凍奶茶如常沿着吸管攀升

侍應飽溢頭油的稀髮卻頹塌下來

偶然的笑語，更多是望向門外

細聽小匙與瓷杯輕碰

光管如花奶瀉在茶裏的漩渦

早熟的餐牌為今晚的來客出神

牙籤的挑撥，不礙鹽在時間裏凝結

牆上的錢眼，對望一紙薄薄的早餐

糯米雞與咖啡，或茶

地拖橫掃時，零星的腳都習慣抬起

重回地面，還有一種踏實的感覺嗎？

感覺，像微涼的氤氳回歸冷氣槽

還是隨升騰的輕煙沒入

霍霍然廚房那具抽油煙機呢？

我捏着賬單邁向門口，想着

踏出門外是否還會想起

這個曾經那麼真實，那麼瑣碎的世界？

　　鍾國強的〈福華街茶餐廳〉順序記敍了「我」進入茶餐廳吃午餐的整個過程：先進入直背的卡位就座（我的背直不起來），然後吃午飯，拋下遠方的工作——「工作在遠方喊着寂

寞」。一碟滿滿的午餐肉煎蛋飯，好快就吃光了。剩下油粒黯然的空碟子。飯吃完了，然後是咬着吸管喝凍奶茶，東張西望，享受午飯後片刻的閒暇，一個慵慵的下午……

此詩寫來隨意，彷彿生活的一切道理如一頓平凡的午餐一樣瑣碎而平淡。不過，我們稍作疏理，就發現詩人的心思：

互相對應的詩句	對應字詞	關係
卡位直背而我總是 直不起背來	直背 直不起背	對立
一個慵慵的下午 工作在遠方喊着寂寞	慵慵 寂寞	對立
曾是午餐肉和煎蛋盤踞的飯丘 只剩幾顆油粒各自黯然	盤踞 黯然	對立
凍奶茶如常沿着吸管攀升 侍應飽溢頭油的稀髮卻頹塌下來	攀升 頹塌	對立
偶然的笑語，更多是望向門外 細聽小匙與瓷杯輕碰	笑語 輕碰	對等
光管如花奶瀉在茶裏的漩渦 早熟的餐牌為今晚的來客出神	漩渦 出神	因果
牙籤的挑撥，不礙鹽在時間裏凝結 牆上的錢眼，對望一紙薄薄的早餐	挑撥 對望	因果

原來平淡、瑣碎的詩句隱藏「對立」和不安;「餐蛋飯」、「慵慵的下午」背後是空虛與失落。鍾國強的〈福華街茶餐廳〉關心的明顯不是「食」,我們終日為口奔馳,吃「快餐」也不過是忙裏偷閒,當「工作在遠方喊着寂寞」,肚皮撐滿了反而變得寂寞、空虛起來。難得有「細聽小匙與瓷杯輕碰」的閒情,卻愛胡思亂想,想到自己「直不起背來」、想到生活「還有一種踏實的感覺嗎?」那些「盤踞」與「黯然」、「攀升」和「頹塌」的事物讓人看得「出神」。「偶然的笑語,更多是望向門外」,「望」甚麼呢?一個似乎早就看透了的世界,平淡且瑣碎,卻真真實實地佔去了我們大部分的生活,佔去了我們大部分的記憶。這「感覺,像微涼的氤氳」,將要飄去哪裏呢?

家常

　　生活除了衣食，我們還「望」甚麼呢？劉祖榮的〈對面的教堂〉可能給我們指示了答案：

對面的教堂　　｜　劉祖榮

其實我們就住在它對面
從我家的露台
透過大禮堂明亮的玻璃窗
可清楚看見高大威嚴的十字架
主耶穌扭曲面孔
我們只是隔着一條公路
每當周末或周日彌撒
我們必須走一段路
跨越最近的一座天橋
才能抵達教堂
有時家務纏身，我只好站在露台

祈禱和望着教友們排隊領受聖餐

我曾從教堂回望自己的居所

唐樓外牆灰跡斑斑

天台屋生銹欲墜的屋檐

廚房裏電飯煲的假冒商標清晰可辨

偶爾看見母親探出頭

向我們揮着手

　　劉祖榮的〈對面的教堂〉沒有分節，一氣呵成帶我們去「望」他家「對面的教堂」。不過，我們細閱此詩，就發覺此詩可以分兩部分理解：第一部分寫「對面的教堂」；第二部分寫「我家」。詩中這兩部分分別構成「兩個畫面」，且「互相對望」——第一部分由「我家」望向「對面的教堂」；第二部分反過來，由「對面的教堂」回望「我家」。

　　我們疏理一下「兩個畫面」的內容就得出下面這個表：

第一個畫面：對面的教堂		第二個畫面：我家	
大禮堂明亮的玻璃窗 高大威嚴的十字架 教友們排隊領受聖餐	高尚	唐樓外牆灰跡斑斑 天台屋生銹欲墜的屋檐 廚房裏電飯煲的假冒商標	貧窮
主耶穌扭曲面孔	痛苦	母親探出頭向我們揮着手	幸福

此外，我們還發現這「兩個畫面」，在地理上也很接近：

> 我們就住在它對面
> 只是隔着一條公路
> 站在露台/祈禱和望着教友們排隊領受聖餐

將上面的資料稍稍整理，就明白詩人帶我們去望「對面的教堂」的內涵：教堂莊嚴、神聖，讓人感到安心、幸福，因為它「只是隔着一條公路」，天天都在我們身邊；我家也溫馨、神聖，使我感到安心、幸福，遠看媽媽在向我揮手，縱貧亦樂。詩中「兩個畫面」的內容結構，交織出互相對應的內涵：教堂裏的主耶穌相對家中的母親，於是，主耶穌就如母親；教堂、主耶穌象徵神聖、幸福，我的家、母親也神聖、幸福。劉祖榮的〈對面的教堂〉給天天想着爭名奪利、弱肉強食的現代人指示了生活的方向，家住「唐樓外牆灰跡斑斑/天台屋生銹欲墜的屋檐/廚房裏電飯煲的假冒商標」，也活得開心。

不過，宗教力量在廖偉棠的詩中，卻有另一個版本：

耶穌在廟街（阿云的聖誕歌）　　｜　廖偉棠

耶穌在廟街，阿云在耶路撒冷。
在耶路撒冷做甚麼？一坐下就哭。

哭甚麼？今天被警察幹，
幹了我還要遞押我出境。

哭甚麼？今天被「大佬」幹，
幹了我還搶去我一千塊錢。

今天那可以做我爺爺的老頭他壓在我身上，
今天那記者、法官、署長他們壓在我身上。

阿云你撒謊，你不在耶路撒冷，
你分明在香港。

耶穌也不在廟街，
他在九龍灣，做些地盤的黑工。

偶爾抬頭，想起了伯利恆。
想起伯利恆做甚麼？等待一顆星。

阿云在廟街，從左走到右，從右走到左。
地球在她腳下轉着，摩擦着她：

從裏到外，從身到心。它粗礪得可怕
一如兩千零六年前那個聖誕夜，

一顆星在兩千光年外爆炸、毀滅，
彼時，耶穌在廟街，阿云又名抹大拉。

抹大拉又名瑪利亞。瑪利亞的兒子在伯利恆，
阿云的兒子在四川鄉下。

作者附註：「耶穌在廟街」是宗教團體豎在廟街的大招牌。

廖偉棠的〈耶穌在廟街（阿云的聖誕歌）〉顧名思義是一首「阿云的聖誕歌」。此詩內容簡單、易明，是新移民「阿云」的生活哀歌。

到底阿云有甚麼苦難？「今天被警察幹／幹了我還要遞押我出境」、「今天被『大佬』幹／幹了我還搶去我一千塊錢」；「今天那可以做我爺爺的老頭他壓在我身上，／今天那記者、法官、署長他們壓在我身上」。阿云活在一個黑白凶險、正邪不

分的社會，受盡欺壓。

那麼，那拯救黎民的耶穌呢？詩的第一句已開宗明義：
「耶穌在廟街，阿云在耶路撒冷」，卻是騙人的：

> 阿云你撒謊，你不在耶路撒冷，
> 你分明在香港。
>
> 耶穌也不在廟街，
> 他在九龍灣，做些地盤的黑工

唯有「偶爾抬頭，想起了伯利恆」，「等待一顆星」——
等救星降臨。只是，「阿云在廟街，從左走到右，從右走到
左」，「一顆星在兩千光年外爆炸、毀滅」，阿云的希望也隨之
幻滅。

廖偉棠十分擅於將矛盾或對立的意象並置，凸顯社會的
荒謬。調侃戲謔，歌謠一樣的詩句，加強了全詩的反諷效
果。我們整理一下此詩的意象便一目了然：

黑	白
被「大佬」幹	被警察幹

邪	正
老頭他壓在我身上	記者、法官、署長他們壓在我身上

耶穌	阿云
耶穌在廟街	阿云在耶路撒冷
耶穌也不在廟街， 他在九龍灣，做些地盤的黑工。	阿云你撒謊，你不在耶路撒冷 阿云在廟街
一顆星在兩千光年外爆炸、毀滅	等待一顆星
抹大拉又名瑪利亞	阿云又名抹大拉
瑪利亞的兒子在伯利恆	阿云的兒子在四川鄉下

詩中「黑與白」無異、「正和邪」不分，都不是好東西；「阿云」和「耶穌」難辨，唯有「受苦」相同。這是一個何等混淆的社會？這是一首荒謬的聖誕歌。

或者世界沒有救星，卻總有支持我們生活的動力。關夢南的「家常智慧」可能帶給我們啟示：

家常（一）　　　｜　關夢南

吃過晚飯
電視劇無甚噱頭
不如讓碗筷休息一會
我們散步去吧

走過燦爛的旺角
走過充滿藥味的廣華
你突然放慢腳步
握了握我的手說
「他們在做些甚麼？」

女的長髮遮掩哭泣
男靠牆　　頭掛在胸前
妒忌是風暴的中心
愛其實宜淡不宜濃

我心裏的話
他們彷彿聽不到
啪的一聲　　男挨了一掌
然後有一顆拳頭

定鏡在冷冷的玻璃門上 ……

有甚麼事不能
好好地坐下來談？
那些翻台摔碟的日子
雖然我們並不感到陌生

現在如果憤怒
也不過輕輕地
嘆一口氣
說生活令人疲倦
我先睡

走過充滿藥味的廣華
走過燦爛的旺角
你握了握我的手
似乎聽懂了
我心裏的話
……
然後一同走餘下的路

關夢南的〈家常〉是一首敘事詩，詩人記敘晚飯後與妻子

散步，目睹一對情侶爭執的情況：

> 女的長髮遮掩哭泣
> 男靠牆　頭掛在胸前
> 妒忌是風暴的中心
> ……
>
> 啪的一聲　男挨了一掌
> 然後有一顆拳頭
> 定鏡在冷冷的玻璃門上……

該如何化解這場風暴呢？詩人一針見血：「愛其實宜淡不宜濃」。有道是「愛之深，恨之切」。的確，一切恩怨情仇，都因為「愛得太濃」。我們有「燦爛的旺角」，就有「充滿藥味的廣華（醫院）」；從前愛得火熱，就「翻台摔碟」。如今學會了放下，晚飯後「讓碗筷休息一會」，漫步「燦爛的旺角」、「走過充滿藥味的廣華（醫院）」；愛是「你握了握我的手」，一切盡在不言中；愛是「……」般「走餘下的路」，細水長流。

5

親愛
——至愛的眼睛

盪漾

　　我們走過「燦爛的旺角」感受香港人情、「走過充滿藥味的廣華（醫院）」，領略細水長流的愛。樊善標〈走過爸爸的舊店〉給我們展示的，是兩代的父子情，是早已不在的童年和社區面貌：

走過爸爸的舊店 　│　樊善標

拆卸的工地前
蹲矮凳子的跌打郎中
仍在，賣報紙雜誌
據說也賣過白粉的夫婦
仍在，馬路另一邊
電話公司機樓
灰牆不管怎樣剝蝕
仍在，只有慣來討吃
那條老狗——流浪到

斜對面熟食市場——

不在，只有算盤劈劈啪啪

杵臼囊囊當當不在

煎藥的苦澀不在

提子乾、蜜棗、無花果的

甜膩，玻璃櫃內人參和海馬

的乾骸不在，牆上井然的

抽屜、抽屜裏所有的藥，以及

拉抽屜那人的壯年都不在

走過爸爸的舊店

原來我的童年早已不在

只有工地上造影的飛塵

一場紛紛揚揚的情緒

瞬間仍在

　　樊善標的〈走過爸爸的舊店〉記敍「走過爸爸的舊店」的
感慨，此詩文字淺白，內容主旨也不難把握。不過，簡單的
詩篇，往往耐人尋味，詩人斷句分行的用心，就值得我們再
三咀嚼。

　　樊善標十分擅於運用跨行技巧，詩中的「跨行句」與「煞

尾句」巧妙結合，將詩中的句群串連得流暢自然，接續出豐富的內涵，讀起來一氣呵成。我們看看這一節：

	原文
第一組跨行句	蹲矮凳子的趺打郎中 仍在，賣報紙雜誌←──煞尾句（假跨行句）
第二組跨行句	據說也賣過白粉的夫婦 仍在，馬路另一邊←──煞尾句（假跨行句）
第三組跨行句	電話公司機樓 灰牆不管怎樣剝蝕 仍在，只有慣來討吃 那條老狗──流浪到 斜對面熟食市場── 不在，只有算盤劈劈啪啪←──煞尾句（假跨行句）

上面是三組共十行詩句連續排列的情況。三組跨行句完結處，理應以標點符號「煞尾」（見箭嘴指示處）。詩人卻故意不用標點符號分隔開三組句子，而以跨行句的形式示人，且稱之為「假跨行句」。讓我們細閱這些「假跨行句」── 煞尾句，是如何混淆我們的視覺，在我們不知不覺間，串連起三組句子。

　　第一組跨行句的煞尾句是「仍在，賣報紙雜誌」。我們

讀完此句之後，發覺後面沒有標點符號，就以為這是一個跨行句。於是，我們就「跨讀」下去，讀到「據說也賣過白粉……」時，就有「跌打郎中，據說也賣過白粉」的錯覺。不過，我們繼續往後讀，就發覺「賣過白粉」原來另有其人，是「據說也賣過白粉的夫婦」。我們之所以有這樣的錯覺，是因為「假跨行句」誤導我們，將「蹲矮凳子的跌打郎中／仍在，賣報紙雜誌」，與「據說也賣過白粉……」連起來讀。此外，詩人也借「賣東西」的話題，擾亂我們的視線。前文說跌打朗中「賣報紙雜誌」，下文續說「也賣過白粉」。「假跨行句」將兩項「賣東西」的內容連接起來，就容易讓我們產生錯覺，「混亂中」詩人巧妙地將兩組跨行句串連起來。

類似的情況在第二組跨行句的煞尾處——「仍在，馬路另一邊」，和第三組跨行句首句「電話公司機樓」。這兩句的接續，可以說既是詩人的巧妙安排，也是現實的寫照。「馬路另一邊」承接上文，就是「賣過白粉的夫婦，仍在馬路另一邊」的意思。「馬路另一邊」後沒有標點符號，我們「跨讀」下去，就有「馬路另一邊」有「電話公司機樓」的錯覺（也可能是事實）。這是妙用「假跨行句」串連上下句群、串連兩組跨行句的好例子。

我們再往下看第三組的跨行句煞尾處，「算盤劈劈啪啪」

後同樣沒有標點符號，我們照例「跨讀」下去，就是「杵臼橐橐當當」。加上這兩句都描述「聲音」，「劈劈啪啪」和「橐橐當當」就順理成章地串連起來。

樊善標的〈走過爸爸的舊店〉，予人感受最深刻的，正是那連綿不斷的「仍在」與「不在」的唏噓：

那些「不在」的童年、父親「不在」的壯年和舊店「不在」的事物，其實歷歷在目——全部都「仍在」詩人心中，詩人如數家珍，一家「算盤劈劈啪啪」、「杵臼橐橐當當」的舊式中藥店，和「拉抽屜」的父親栩栩如生地呈現在讀者面前。詩人懷念舊店、追憶辛勞的父親、感慨自在的童年……一切「不在」都「瞬間仍在」。

那些「灰牆不管怎樣剝蝕／仍在」的電話公司機樓、以及「仍在」的「跌打郎中」和「賣報紙雜誌的夫婦」，其實隨時可以「不在」。容易讓人產生錯覺的「仍在」與「不在」詩句，也提醒我們一切「仍在」的親情、事物可以一如詩人驚覺自己的童年一樣轉眼間「原來早已不在」！

不過，飲江卻要給我們示範永恆的親情，我們讀讀他的〈飛蟻臨水〉：

飛蟻臨水　　|　飲江

風雨前夕

就多飛蟻

父親說

端盤水來吧

哥哥便拖了木屐

躂躂走進廚房裏……

我們看父親

跨上桌椅

解下鈎上的電線

把燈泡低垂

於是母親

熄掉別的

所有的燈

我們圍攏

唯一的光源裏

飛蟻蓬亂紛飛

我們一家子的眼睛

水紋上莫名地閃

莫名地笑

許多年過去
父親像一隻飛蟻
飛進另一盤水裏
而我們離開故居
許久沒聽見
木屐的聲音了
小女兒和兒子問起
是爺爺想出的主意麼
人傷感了
一時便不懂得回答
也叫他們
端盤水來
請嫲嫲安坐廳中
然後,把所有的窗打開
把所有的燈熄滅

不是風雨前夕
自然不見飛蟻蓬飛
但我們倒喜歡
點一盞燈
低低垂近水面
聽嫲嫲搖着蒲扇

述說兒時光景

孩子們的眼睛

也像當年我們的眼睛

奇異地閃

奇異地笑

是許多年前的一個夜麼

是許多年後的一盤水

我們像飛蟻飛來

也會像飛蟻飛去

在燈光的下面

在燈光的上面

水紋裏我們看見

自己的眼睛

一家子快樂的眼睛

和曾經盪漾

又永恆地盪漾

至愛的眼睛

　　飲江的〈飛蟻臨水〉是一首敍事詩，此詩記敍一個風雨前夕晚上，一家人圍觀「飛蟻臨水」的情景，藉以抒發親情可

貴。

　　年輕人未必知道「飛蟻臨水」的遊戲。那是風雨前夕，空氣中的濕度高，氣壓下降，蟻巢裏長了翅膀的白蟻就會傾巢而出，交配繁殖。因為風雨前夕飛蟻處處，十分擾人，且白蟻蛀木，為禍不淺。人們便利用飛蟻喜光的特性，在家中放置一盆水，在水的上方懸一盞燈。於是，飛蟻逐光，紛紛墜落盆中水淹死……

　　〈飛蟻臨水〉顧名思義，就記敍了這一幕。不過，此詩並沒有記敍飛蟻墜水，卻詳細寫一家人在圍盆看水面上「唯一的光源」，詩人借題發揮寫親情，全文聚焦在與水中「至愛的眼睛」的對望中：

飛蟻臨水	至愛的眼睛
風雨前夕：飛蟻臨水	我們一家子的眼睛，莫名地閃，莫名地笑
甚麼時候：父親像一隻飛蟻走了	少了一個人的眼睛，永恆地在心中盪漾
不是風雨前夕：不見飛蟻	孩子們的眼睛，奇異地閃，奇異地笑
甚麼時候：我們像飛蟻飛來飛去	我們看見自己的（以及父親的）眼睛，永恆地盪漾

〈飛蟻臨水〉分四個場景記敍一家人圍觀「飛蟻臨水」的情況。首先是很多年前「我們看父親」示範，「母親／熄掉別的／所有的燈／我們圍攏／唯一的光源裏」。水面上，看「我們一家子的眼睛／水紋上莫名地閃／莫名地笑」。好溫馨的一家人，在「風雨前夕」聚在一起……

第二個場景記敍「許多年過去」，兒女問起「飛蟻臨水」的遊戲，想起「父親像一隻飛蟻／飛進另一盤水裏」，便悲從中來，「也叫他們／端盤水來」，一家人圍攏，看飛蟻臨水、看臨水的父親……水紋上，少了一雙眼睛，卻多了一層意義。

第三個場景記敍「不是風雨前夕」，沒有「飛蟻蓬飛」的夜晚，一家人依然喜歡圍在一起，聽嫲嫲講「飛蟻臨水」的故事、看嫲嫲搖蒲扇，說「風雨過後」的溫馨。如今三代同堂，唯一不變的是「我們的眼睛」依舊「奇異地閃／奇異地笑」。

第四個場景，詩人由「三代同堂的眼睛」想到永恆的「至愛的眼睛」。「我們像飛蟻飛來／也會像飛蟻飛去／在燈光的下面／在燈光的上面」，飛來飛去，燈下燈上；「水紋裏我們看見／自己的眼睛／一家子快樂的眼睛」；「自己的眼睛」也在看着自己、看見「一家子快樂的眼睛」；愛可以穿越生死，曾經就是永恆。

飲江的〈飛蟻臨水〉寫「風雨前夕」至愛的家人在一起、寫「至愛的眼睛」永遠留在心中。

禮物

抒發珍惜父子情的詩篇，還有王良和的〈聖誕老人的故事〉：

聖誕老人的故事 | 王良和

終他的一生他的父母都沒有扮過聖誕老人
所以他每年都為孩子扮一次
兒子要他偷偷放下攝錄機，對着子夜的窗台
他偷偷地走到攝錄機後，稍稍早於子夜
在鏡頭前閃過一隻紅色的袖子
和兩個黑白的孩子
女兒說，我是這樣向聖誕老人祈禱的：
聖誕老人伯伯聖誕老人伯伯我想要……
她得到一塊手寫板，他得到一冊封神榜，和一盒樂高
而他，他得到一個走到子夜十二時噹噹鳴響的壁鐘
　　孩子，這世界其實並沒有聖誕老人。

有的，我親眼見過。

是一個大雪紛飛的夜晚，遠處和更遠處是松樹的影子

火爐的新柴升起暖煙，帶着一種奇怪的香氣穿過煙囱
　　嬝到外面烏藍的天

他疲倦了，躺在床上，向時間祈禱，他睡着了。

迷迷糊糊聽到子夜的鐘聲，矇矇朧朧看到他的孩子

故意在他的眼前閃過一隻紅色的袖子

然後，靜靜地放下禮物，悄悄開門離去。奇怪的香
　　氣。飄散的暖煙。

他起來，望着用過時的《明報》包裹的禮物（他每年的
　　慣技）

他拆開盒子，裏面是一個略小的盒子

他拆開盒子，裏面是一個更小的盒子

他拆開盒子，他終於把手伸進去：

拿出一盞昏黃的燈，一間七十呎的房子

一張雙層床，一個沒米的米缸

一隻工傷的大手，和一叢癢人的笑着的鬍子

他拿出一隻濕淋淋的雨靴，一副假牙

用雙手掩面哭泣的頭顱，和一罐壽星公煉奶

他伸進饞嘴的手指，他釣到一隻大閘蟹，鉗住他的食
　　指

他看到傷口流着一行鮮血，他想像自己會呱呱大叫

他望着屬於自己的最後的禮物

一隻恐懼下墜的蟹，得到一隻救命的手指——

父親曾經教他：把手放到地上，牠安穩，就會鬆開鉗
　　子奔跑。

把手放到地上，牠安穩，鬆開鉗子奔跑，打開門，跑
　　到外面的雪夜。

他心頭一震，打開門追出去，他忘記自己已經老了，
　　走不動

頹然坐下，就坐着塵世的車，駕着超世的鹿

從你讀着的這首詩的故事中起飛，只帶着他心底的禮
　　物，而不能四處分派。

　　孩子，這世界其實並沒有聖誕老人。

　　有的，我親眼見過。

　　我們大抵都有過這樣的童年：相信世上真有一個聖誕老
人，每逢聖誕節「平安夜」便駕着麋鹿拉的雪橇挨家挨戶去給
小朋友派發聖誕禮物。我們都期待聖誕節的來臨、期待聖誕
老人的禮物。那是一個普天同慶的日子，一個幸福的節日。

　　人長大了，就知道聖誕老人給小孩送禮物，全是父母為
了討好兒女的把戲。王良和的〈聖誕老人的故事〉寫的就是這
個父母們每年慣用的把戲。不過，詩人訴説的是一段不一樣

的父子情……

王良和的〈聖誕老人的故事〉由兩節組成，分別以「孩子，這世界其實並沒有聖誕老人。／有的，我親眼見過。」作結。這兩個選用不同字體，向後挪兩格排列，父子對答的句子，充當詩的「幕後語」，它既交代了「聖誕老人的故事」的背景，同時也是詩人抒情的基礎。簡單的「幕後語」在詩中反覆唱詠，讓情感變得愈來愈深刻、愈來愈沉重。

我們先看看第一部分內容。詩甫開首云「終他的一生他的父母都沒有扮過聖誕老人／所以他每年都為孩子扮一次」。接下來就講述「他」每年給兒女扮演聖誕老人的情況。為了證明這世界真有聖誕老人派聖誕禮物，「兒子要他偷偷放下攝錄機，對着子夜的窗台」。待孩子熟睡了，「他偷偷地走到攝錄機後，稍稍早於子夜／在鏡頭前閃過一隻紅色的袖子／和兩個黑白的孩子」，扮演聖誕老人派聖誕禮物。一覺醒來，兩個孩子都在錄像裏「親眼見過」聖誕老人派聖誕禮物，「她得到一塊手寫板，他得到一冊封神榜，和一盒樂高」。第一部分的「幕後語」，是孩子天真、父親慈愛、幸福家庭的註腳。

第二部分內容，承接着第一部分的「聖誕禮物」展開，「而他，他得到一個走到子夜十二時噹噹鳴響的壁鐘」。「他疲倦了，躺在床上，向時間祈禱，他睡着了。／迷迷糊糊聽到子

夜的鐘聲，朦朦朧朧看到他的孩子／故意在他的眼前閃過一隻紅色的袖子／然後，靜靜地放下禮物，悄悄開門離去」。接着，「他」在迷糊中拆開裝着禮物的盒子，從裏面「拿出一盞昏黃的燈，一間七十呎的房子／一張雙層床，一個沒米的米缸／一隻工傷的大手，和一叢癢人的笑着的鬍子／他拿出一隻濕淋淋的雨靴，一副假牙／用雙手掩面哭泣的頭顱，和一罐壽星公煉奶⋯⋯」。那些拿出來的「禮物」，顯然是「他」的童年生活，以及對父親的記憶。由於「終他的一生他的父母都沒有扮過聖誕老人」，父親每年給「他」的「聖誕禮物」，就只有這些記憶。這是終他的一生「最後的禮物」，且由「他」的兒女扮演聖誕老人，夢中把這特別的「禮物」送給他。

第二部分的夢境，反映出「他」對「聖誕禮物」的執着。夢中由兒女模仿自己「每年的慣技」，「用過時的《明報》包裹的禮物」，充當自己的父親，扮演聖誕老人送上「聖誕禮物」，藉此一嘗收禮物的心願。不過，「禮物」的內容卻是令人痛心的童年回憶。夢境變成了一個自嘲的故事。「他」續發現「自己的最後的禮物」，就像「一隻恐懼下墜的蟹」，「鉗住他的食指」不放，「傷口流着一行鮮血」。「他」記起父親的教誨，「把手放到地上，牠安穩，就會鬆開鉗子奔跑」。於是「他」就試着放下「蟹」，放下對「禮物」的執着。只是，「他」又猛然記

起，自己放下的，除了對聖誕禮物的執着，還包括對父親的記憶——那些從盒子裏拿出來的串串記憶。於是「他心頭一震，打開門追出去」，「他」不想失去對父親的記憶。然而，「他」已經走不動了，「他」就「坐着塵世的車」，「駕着超世的鹿」「起飛」。第二部分的「幕後語」，就包含了超越世俗的意思。何必執着世界上有沒有聖誕老人、聖誕禮物？我們都「親眼見過」「屬於自己的最後的禮物」——童年的記憶，可以永遠留在心中。

讀王良和的〈聖誕老人的故事〉如看一齣戲。詩人十分擅長運用電影的「蒙太奇」手法，一步一步將讀者引領到詩人的內心深處，一同經歷他的喜與悲。此詩第一部分簡單交代過溫馨的「聖誕老人的故事」後，留下一個令人疑惑的情節：「而他，他得到一個走到子夜十二時噹噹鳴響的壁鐘」。明明是自己扮聖誕老人給孩子送禮物，怎麼也有自己的份兒？詩人沒作交代，就「播出」「幕後語」。第一場戲就隨着「壁鐘」的消失而結束了。

第二幕戲甫開首我們看見「大雪紛飛的夜晚」，「他疲倦了，躺在床上，向時間祈禱，他睡着了。/迷迷糊糊聽到子夜的鐘聲」，故事便從「鐘聲」開始。由前文「壁鐘」的淡出，到現在「鐘聲」漸起，在不知不覺間，詩人已經將我們帶到了另

一個「電影場景」。在這裏,「朦朦朧朧看到他的孩子」,為自己扮聖誕老人送聖誕禮物。詩人筆下拆禮物的情景,也如魔幻電影一樣不可思議。「他」竟從小小的盒子裏,取出「一盞昏黃的燈,一間七十呎的房子/一張雙層床,一個沒米的米缸/一隻工傷的大手,和一叢瘰人的笑着的鬍子/他拿出一隻濕淋淋的雨靴,一副假牙/用雙手掩面哭泣的頭顱,和一罐壽星公煉奶/……」。這簡直是一部超現實電影!

「超現實劇情」告訴我們,「他」對聖誕禮物的痛苦回憶和執着。然後鏡頭最終落在「一罐壽星公煉奶」上。「他伸進饞嘴的手指,他釣到一隻大閘蟹,鉗住他的食指」。「他望着屬於自己的最後的禮物/一隻恐懼下墜的蟹,得到一隻救命的手指──」。此時,「他」、「禮物」和「蟹」就像電影的「蒙太奇」一樣,變得混淆不清。然後「他」依父親的教誨,放開了「蟹」、同時放開了對「禮物」的執着。詩末的「戲」簡直就是4D立體電影,我們看見超越世俗的「他」,帶着自己「心底的禮物」,竟「從你讀着的這首詩的故事中起飛」,告別童年幼稚的執着。隨着「幕後語」的出現,我們如夢初醒,「戲」也看完了。

王良和擅於透過不同的意象呈現主題。我們看看下面諸意象在詩中的內涵:

1. 壁鐘

「壁鐘」是「他」給孩子扮聖誕老人，送聖誕禮物時，也給自己送的「聖誕禮物」。詩中的「他」，卻從來沒有收過父母送的聖誕禮物。

在詩中、在夢境裏，父親給「他」的「聖誕禮物」，只有一串串童年的記憶、對父親的記憶。這就揭示「他」給自己送「壁鐘」的謎底。原來「鐘」正正代表了「時間」和「記憶」。

2. 鐘聲

詩中「子夜的鐘聲」代表要告別時間、告別過去，同時也代表迎接新的一天，迎接未來，這是新舊交替的時刻。詩中的「他」向時間祈禱，也是要告別過去，告別那「最後的禮物」。「鐘聲」同時也喚起「珍惜」，珍惜我們的過去、珍惜我們的記憶，珍惜對父母的記憶。所以即使要告別過去，投向未來，也要帶着自己「心底的禮物」「起飛」。

3. 蟹

「蟹」是父親給「他」的「聖誕禮物」、是「他」童年痛苦的記憶。「他」對「蟹」、對「禮物」的執着是矛盾的。「放下」幼稚的執着，本來可以「安穩」展開新生活，卻又「心頭一震」，

擔心因此而失去童年唯一的記憶，尤其對父親的記憶，因為這是「屬於自己的最後的禮物」。所以要坐「塵世」的車、駕「超世」的鹿「起飛」，迎接明天。

4. 禮物

詩中的「禮物」本來是俗世所指的「聖誕禮物」。「他」的「聖誕禮物」卻是「一盞昏黃的燈，一間七十呎的房子／一張雙層床，一個沒米的米缸／一隻工傷的大手，和一叢癢人的笑着的鬍子／他拿出一隻濕淋淋的雨靴，一副假牙／用雙手掩面哭泣的頭顱，和一罐壽星公煉奶……」。這一個個形象鮮明的意象，湊成了「他」的童年、「他」父親的形象，是「他」與別不同的「聖誕禮物」，讓人難以忘懷。最後出場的「蟹」，巧妙地帶出「放下」的意思，將詩思推向高潮。

相愛

親情以外，還有愛情。讓我們再隨王良和的詩篇，去八仙嶺下的吐露港，一起划船談戀愛：

和你一起划船的日子　　　｜　王良和

和你一起划船的日子
生命便航入了
另一美麗的水域
雙槳悠然起落
攪動小小的漩渦
把我們的倒影
捲入槳底重疊
像所有和諧的旅程
平靜、喜悅
坐在船尾，你安然讓我揮槳
一切都不必急切，談笑間

看海鷗貼水低飛，指認

星羅棋佈的島嶼

當你向落日凝眸，欸乃輕輕

我偷看一抹酡紅的晚霞

其實我真想

讓你分享划船的喜樂

所以我耐心教你

如何控制雙槳

如何齊起齊落

你卻像學飛的水鳥遇到逆風

雙翅狼狽又凌亂

不好意思地笑說：船在打圈

那晃動的山影，一定是

八仙偷偷笑了

若是從前，我會任性地

停槳讓船漂流

設想狂風暴雨的夜晚

揚帆遠航，孤單地流浪

如今我只願

計劃安穩的旅程

負起領航的責任

彼此各執一槳

把一隻船欄剝落的小舟，逆風，逆水
划向長堤兩端八仙的水域

　　王良和的〈和你一起划船的日子〉是一首情詩，此詩主要
記敘「我」和「你」約會、划船的活動。全詩表面寫「我們」一
起划船，詩人卻處處借題發揮，語帶雙關在大談戀愛的甜蜜
和感慨，「和你一起划船」變成了「和你一起談情說愛」。我們
先看看開首這三句：

和你一起划船的日子
生命便航入了
另一美麗的水域

　　詩甫起首即記敘「我」「和你一起划船的日子」。此刻，
小舟航入了一處美麗的水域。這三句也同時在敘述「我和你
一起」談戀愛的日子，我們的生命（人生）從此進入了另一個
美麗的階段（美麗的水域）。詩人實在是以「划船」比喻「談戀
愛」，此詩就是透過這些一語雙關的詩句，貫徹這個比喻。
　　因此，我們只要依照這個方法讀餘下的內容，就很容易
發掘出此詩一語雙關詩句背後包含的兩層意思：

喻體	◄	「一語雙關」	►	本體
例：划船	◄	和你一起	►	談戀愛
1. 美麗的水域	◄	美麗的 （里程）	►	生活進入了戀愛期
2. 和諧的旅程	◄	平靜、喜悅	►	談戀愛的心情
3. 一抹酡紅的晚霞	◄	我偷看	►	看情人的臉
4. 負起領航的責任	◄	負起（責任）	►	承擔當丈夫的責任
5. 彼此各執一槳	◄	各執一槳	►	彼此承擔生活擔子
6. 划向長堤兩端 八仙的水域	◄	划向	►	將走向美好生活

　　上表中間欄是詩中「一語雙關」的字句，連繫全詩的「本體」與「喻體」。王良和的〈和你一起划船的日子〉是運用「一語雙關」詠事抒情寫詩最典型的例子。

　　王良和的戀愛故事在香港的八仙嶺旁吐露港美麗的水域盪漾，一切都是平靜的、喜悅的。同樣寫談戀愛，洛楓的〈飛天棺材〉則如詩題般嚇人，所謂「飛天棺材」原指香港人日常乘搭的「公共小型巴士」（簡稱「小巴」）。「小巴」車速高，往往容易出意外，「飛天棺材」的外號可想而知。用「飛天棺材」

比喻愛情，看來我們要與詩人一起經歷一場驚心動魄的愛情風暴：

飛天棺材 | 洛楓

凌晨五時被雷聲劈醒
醒來第一句想跟你說的話
是我們的算計都錯誤了

房子外面有一條公路
公路上有一種飛天棺材
棺材內的十六條性命
祇交給一個司機
如果他不喝酒、不抽煙、不談手提電話
如果天不下雨、不長霧
路邊不閃出小狗或老人
我相信是可以長命富貴的
常常在亡命的旅途上
聽同一首歌哼重複的拍子
每次歌詞昇到最高的音節時
車子總剛巧滑過一個死亡的彎角
車輪傳來撕裂的呼喊

拋出愛情的離心力使人虛脫
於是便記起凌晨五時雷聲的警號
我們真的無路可走嗎？

假日的時候公路總堵滿車子
像無頭無尾的彩色蜈蚣
彎彎曲曲的關節兩頭都不是結局或開始
沿路有警察維持或干預秩序
卻無法改善寸步難移的局面
當路途因外來的擠壓而變得踟躕的時候
是不是該放棄原地踏步呢？
當後面的車子不耐煩地碰撞前面的時候
是不是該設法逃離現場呢？
鐳射唱片的音樂依舊流動
沒有因天氣、距離或交通事故而停頓
然而
愛冒險的小巴司機突然也會心血來潮
在危急關頭考驗闖過黃燈的速度
剎時撞向石壆再反彈鐵欄
才發現連唱盤也會跳針電源也會中斷
原來相愛很難
當你在公路的那頭我在這頭的時候

沿路有甚麼風景　我們
便祇可選擇怎樣的窗口
從天橋到地面
從來都不是一個踏實的轉向
我們以為平放地上的
會比懸盪空中的易於掌握
卻不知道半空的視線才可
鳥瞰路面的全景
祇是風景的切換太快
在來不及記認每個細節之前
你已經在相反的車線上跟我再見

凌晨五時從黑洞醒來才記起
我們的愛情
是開在公路上的飛天棺材
隨時會死在半途上

　　洛楓的〈飛天棺材〉分五節寫成。我們從首尾呼應的兩節
內容，很快可以把握此詩以「飛天棺材」比喻愛情的要旨。詩
中的「飛天棺材」就是我們日常乘坐的「小巴」，詩人就是以
高速飛馳的「亡命小巴」比喻愛情。此詩中間三節內容，寫乘

坐「小巴」的驚險之餘，不忘寫「拋出愛情的離心力」、「原來相愛很難」、「你已經在相反的車線上跟我再見」。原來談情說愛如乘坐「亡命小巴」，「隨時會死在半途上」。

我們將此詩各節，關於「飛天棺材」（小巴）和「愛情」的內容疏理好，就清楚看到兩者的比喻關係：

第一節	雷聲驚醒：我們的算計都錯誤了。（對愛情的算計錯誤了）
第二節	算計：相信可以長命富貴，是建基於許多「如果」上，是錯誤的「算計」（回應首節）。 小巴：亡命旅途，滑過死亡彎角，撕裂的呼喊。大家的性命交給司機。 愛情：「愛情快車」，拋出愛情的離心力，使人虛脫，「上了車」就無路可走。
第三節	小巴：常遇堵車，無頭無尾，無結局或開始，寸步難移，原地踏步？逃離？ 冒險闖過黃燈、撞石壆反彈鐵欄，唱盤跳針，電源中斷，釀成意外。 愛情：愛情路上險阻重重，「無頭無尾」，「無結局或開始」，你在公路的那頭我在這頭，相遇、相愛很難。 冒險「闖燈」，會釀成意外，「不闖燈」也無路可走，相愛很難。

第四節	小巴：憑窗被動看風景，空中懸盪，愈危險愈看得清全景，只是風景切換得太快。 愛情：愛情路上，愈凶險愈能感悟出它的真諦。只是變化太快，來不及把握，你已在「相反的車線上」跟我再見。我們始終不能走在一起。
第五節	黑洞醒來：我們的愛情是開在公路上的飛天棺材。 首尾呼應：我們的算計都錯誤了，我們的愛情隨時會死在半途上。

　　由上表可見，被稱為「飛天棺材」的「亡命小巴」，在公路上有多凶險，愛情路上便有多凶險。此詩的內容結構，一目了然。

　　洛楓的〈飛天棺材〉立意新穎。詩源自生活，詩人就很喜歡乘坐「小巴」，坐上高速飛馳的「小巴」，「每每有趕赴刑場的快感，高速的拐彎挾着風旋轉軀體懸盪的離心力，直路的飛馳穿越樹影、陽光、路牌和燈柱如同拋離前世今生，從西貢衝出旺角不過二十分鐘的車程，簡直比詩還要壯烈！」（見洛楓：〈阿拉貝斯克舞步〉，載《飛天棺材》，麥穗出版，二零零七年）。此詩寫「相愛很難」，就包含了那「趕赴刑場的快感」。我們在第四節找到佐證：

從天橋到地面
從來都不是一個踏實的轉向
我們以為平放地上的
會比懸盪空中的易於掌握
卻不知道半空的視線才可
鳥瞰路面的全景

　　原以為「平放地上」踏實,「易於掌握」,卻不如懸盪空中
的「飛天棺材」,「半空的視線才可/鳥瞰路面的全景」。如此
說來,險象環生的愛情路,反而讓我們更加全面地看清愛情
的本質。「趕赴刑場」本來痛苦,卻有「快感」,是所謂人只要
活在危難中,才能真正感悟人生、感悟愛情。這是此詩不可
忽視的愛情觀。

　　此詩「趕赴刑場的快感」,還見諸詩中幾個富有張力的
「音樂意象」。如第二節寫「小巴」上「聽同一首歌哼重複的拍
子/每次歌詞昇到最高的音節時/車子總剛巧滑過一個死亡的
彎角」。我們活得最開心的時刻,高歌愛情的時候,「總剛巧
滑過死亡的彎角」,喜悅總伴隨着危險。同樣,第三節寫「小
巴」遇上堵車、寸步難移的時候,「鐳射唱片的音樂依舊流動/
沒有因天氣、距離或交通事故而停頓」。面對阻滯,愛情「依

舊流動」。此外，「飛天棺材」也是個富張力的意象，「飛天」與「棺材」揭示愛情「升天」與「死亡」，既對立且統一的複雜關係。

行走

　　洛楓寫愛情如坐「飛天棺材」，呂永佳失戀也坐車，我們讀讀他的〈而我們行走〉：

而我們行走（節錄）　　｜　呂永佳

彷彿忘記了心中某種節奏
如何平均地在時間裏攤分呼吸
像車廂裏的窗子般工整有序
幻見流動燈火和人煙
是我在夜裏走，店鋪的門在夜裏走
沒有駐足，匆匆地遺下一些甜
和酸。報攤上疊好的報紙
日子包着日子，故事套着故事
被迅速忘記，如隨意剪掉指甲
遺留在路邊，不用拾回
深夜裏拿着手提電話，看了又看

陌生的數字，串起城市的夜晚
有時，我擅自闖進脫軌的公車
寂寞拉着半透明的長方形盒子
彷彿你拉着我的手，在黑暗裏徐行
這一刻
我們便相愛

不管怎樣用力也關不了窗。它是死的
像一幅沉厚的石屎牆，有灰
窗子不是你的，也不是我的
彷彿註定要這樣開着，為了讓
微雨靜靜闖進車廂裏
因為間歇的風，我感到時冷時熱
有人在公路哼着歌
有人坐在行人路上吸煙
高樓大廈的燈逐一熄滅
行人電梯自動停下來
有人躺在上面便沉睡
我可以和他們一起等待天亮
無意識地抓着了一些雨粉
在我的手裏蒸發為夜晚的溫度
也不是我的

多年以前我便應該知道，那是最後的相見

你的眼睛首先消失，頭髮、鼻子、耳朵……

然後是我自己的。

車廂最前的那位大叔

或許在多年以後

我髮線退後，頸部有一道疤痕

飯桌的一角破了，如人的關係

在帳單裏發現自己的名字

像碰見一個老相識。然後把帳單撕掉

丟到廢紙箱裏，那裏有爛了的蘋果芯子

和新春過後，剛剛撕下來的

揮春。

……

　　呂永佳的〈而我們行走〉寫失戀之痛。此詩寫「我」在
夜裏行走；在公車上行走，以抒發對逝去的愛情的惋惜和無
奈。「我」漫無目的地行走，沿途所見之物都是有情物，是觸
景傷情，也是融情入景。詩人十分擅於將「我」的煩亂、失落
情緒，「嵌入」車中行走所見的事物之中，全詩信手拈來，盡
是情感寄託之處。我們看看開篇這幾句：

彷彿忘記了心中某種節奏
如何平均地在時間裏攤分呼吸
像車廂裏的窗子般工整有序

詩甫開首，就交代「我」紊亂的心情、紊亂的呼吸（生活）節奏。這與「車廂裏的窗子」「工整有序」形成對比。是因為失戀使人情緒波動，呼吸緊張，不知「如何平均地在時間裏攤分呼吸」，像此刻，漫無目的地坐車行走。煩亂的心情、盲目地行走，碰上工整有序的車廂窗子，詩人信手拈來，展開他的抒情旅程……

幻見流動燈火和人煙
是我在夜裏走，店鋪的門在夜裏走
沒有駐足，匆匆地遺下一些甜
和酸。報攤上疊好的報紙
日子包着日子，故事套着故事
被迅速忘記，如隨意剪掉指甲
遺留在路邊，不用拾回

「我」在車上行走，因為「紊亂」便「幻見流動燈火和人煙」；看見「我在夜裏行走／店鋪的門在夜裏走」；看見「行走」

「沒有駐足」,「匆匆地遺下一些甜／和酸」,像拋下一段感情,
有甜有酸;看見凌晨時分,那些「日子包着日子,故事套着
故事」,「報攤上疊好的報紙」,將和逝去的愛情一樣,「被迅
速忘記」。所有的愛情故事,也「如隨意剪掉指甲／遺留在路
邊,不用拾回」。失戀驅使「我」繼續行走:

> 深夜裏拿着手提電話,看了又看
> 陌生的數字,串起城市的夜晚
> 有時,我擅自闖進脫軌的公車
> 寂寞拉着半透明的長方形盒子
> 彷彿你拉着我的手,在黑暗裏徐行
> 這一刻
> 我們便相愛

「我」始終沒法忘懷相愛的甜蜜,「深夜裏拿着手提電話,看
了又看」,卻沒有撥打電話。鍵盤上「陌生的數字,串起(陪
「我」度過)城市的夜晚」。「我」甚至偷偷「擅自闖進脫軌(休
更)的公車」。一個人獨對「半透明的長方形盒子」,就想起
「你」和「我」相愛的溫馨。而此刻,外面正在下雨,詩人繼
續發揮信手拈來的抒情本色:

不管怎樣用力也關不了窗。它是死的

像一幅沉厚的石屎牆，有灰

窗子不是你的，也不是我的

彷彿註定要這樣開着，為了讓

微雨靜靜闖進車廂裏

因為間歇的風，我感到時冷時熱

　　窗子遮擋風雨，如今卻「像一幅沉厚的石屎牆」。「窗子不是你的，也不是我的／彷彿註定要這樣開着，為了讓／微雨靜靜闖進車廂裏」，這裏一語雙關，暗示我們的愛情故事「註定」有風雨「闖進」，窗子沒法關上，「不是你的，也不是我的」責任。於是，「我感到（愛情）時冷時熱」。下面是人生路上，「行走」途中，對抗時冷時熱的風雨的百態：

有人在公路哼着歌

有人坐在行人路上吸煙

高樓大廈的燈逐一熄滅

行人電梯自動停下來

有人躺在上面便沉睡

我可以和他們一起等待天亮

無意識地抓着了一些雨粉

在我的手裏蒸發為夜晚的溫度

也不是我的

詩人繼續發揮一語雙關的抒情本色，「無意識地抓着了一些雨粉」，「蒸發為夜晚的溫度／也不是我的」，「我」將與冰冷的風雨同路（同溫度），「我可以和他們一起等待天亮」，黑夜（失戀）過後，希望在明天。我們繼續讀下去：

多年以前我便應該知道，那是最後的相見

你的眼睛首先消失，頭髮、鼻子、耳朵……

然後是我自己的。

車廂最前的那位大叔

或許在多年以後

我髮線退後，頸部有一道疤痕

飯桌的一角破了，如人的關係

在帳單裏發現自己的名字

像碰見一個老相識。然後把帳單撕掉

丟到廢紙箱裏，那裏有爛了的蘋果芯子

和新春過後，剛剛撕下來的

揮春。

全詩至此才直接交代失戀的主題和緣由。這一節以敍述為主，卻也不忘借景抒情。「我」回顧「多年以前」的相聚，才醒覺那是「最後的相見」。自此以後，戀愛便漸漸消失：「你的眼睛首先消失，頭髮、鼻子、耳朵……／然後是我自己的」。此刻，抬頭看見「車廂最前的那位大叔」，想到「多年以後」的「我」，是否還記得「多年以前」的「我」，記得「多年以前」的愛呢？或許「我髮線退後，頸部有一道疤痕／飯桌的一角破了，如人的關係」，變得不近人情、不可理喻、不認「帳」？「把帳單撕掉／丟到廢紙箱裏，那裏有爛了的蘋果芯子／和新春過後，剛剛撕下來的／揮春」。「我」是一個沒人要的「爛蘋果」，對生活也沒期望（揮春）。

呂永佳的〈而我們行走〉是一首得獎詩，評判之一的崑南先生對這首冠軍之作有過一針見血的評語：「語言節奏流水行雲，景貼景的跳躍得令人沉醉」（引自《香港文學展顏》）。在「流水行雲」，無跡可尋的情況下，我們試着窺探一鱗半爪：

景	情（既觸景傷情，也融情入景）
工整有序的窗子	彷彿忘記了心中某種節奏／如何平均地在時間裏攤分呼吸
▼	
流動燈火和人煙	是我在夜裏走，店鋪的門在夜裏走／沒有駐足，匆匆地遺下一些甜／和酸

▼	
報攤	日子包着日子，故事套着故事/被迅速忘記，如隨意剪掉指甲/遺留在路邊，不用拾回
▼	
手提電話	陌生的數字，串起城市的夜晚
▼	
脫軌的公車	寂寞拉着半透明的長方形盒子
▼	
關不了的窗子	彷彿註定要這樣開着，為了讓/微雨靜靜闖進車廂裏
▼	
微雨、間歇的風	因為間歇的風，我感到時冷時熱
▼	
公路、行人路上、高樓大廈的燈、行人電梯	我可以和他們一起等待天亮
▼	
雨粉	在我的手裏蒸發為夜晚的溫度/也不是我的
▼	
車廂最前的那位大叔	或許在多年以後/我髮線退後，頸部有一道疤痕/飯桌的一角破了，如人的關係……

上表左邊是「景貼景的跳躍」軌跡，右邊或觸景傷情，或融情入景，「我」的情緒就隨着左邊「景」的跳躍、變換而起伏、變化，從而構成「都市行走」、「失戀行走」的獨特行文節奏。呂永佳在分享此詩的創作意圖時說過：「我希望營造一種特別的音樂感，希望在這種音樂感裏找到生命裏比較獨特的聲音」（引自《而我們行走》後記）。透過這種「景貼景的跳躍」節奏，營造出「特別的音樂感」。

呂永佳的〈而我們行走〉教我們失戀仍要「繼續行走」。

6

房子

——我感到房子的實在，就像蝸牛感到殼

傾斜

　　陪我們繼續行走的，還有房子……

　　跟所有城市的發展軌跡一樣，住屋問題是香港人生活的
頭號問題。面對日益增加的人口和不斷上漲的房價，港英管
治時期的香港政府早在上世紀五、六十年代，便着手興建公
共房屋（又叫「公共屋邨」、「公屋」、「廉租屋」）以紓緩民困。
「公屋」生活成了香港普羅大眾的集體記憶，也同時孕育了
「公屋詩」。讓我們讀讀鄧阿藍早年寫的〈舊型公屋〉：

舊型公屋　　｜　鄧阿藍

暗沉沉長廊狹窄
悶悶熱熱的風
經過住戶合用的入口
進入設在屋外的廁所
簡陋的並排一起
間成一個個廁格

一個女人正在沐浴

水聲沙沙沙沙

好像訴説着

以前只能使用公共浴室

馬桶裏濺起回聲

訴説着以前

只能夠使用公廁

一面淋水一面沉想

沒有廚房的屋子

爐子擺到缺窗的圍牆下

炊煙薰黑天花板

染污了子女的床鋪

雜亂的物件堆着

書本報刊塞在床底

夜間侷促下去

房事的聲音壓低

廁所的木門外

伏着一張報紙

濕透的破孔

像偷偷窺看的小眼

婦人急急的沖洗着

便桶壞了水箱

浮着糞尿的水黃黃濁濁

霉爛的去水管淤塞

污水流溢出來

流到拍着門板的住所

孩童獨自鎖在家裏

哭叫着作活未歸的父母

眼淚不停滴落門腳

從裂縫中滲出

混着骯髒的水

走廊潮濕狹狹窄窄

風流去舊型屋邨的大門

一部旅遊車駛來

走下一群外籍遊客

興奮地舉起相機

帶着懷舊的遊興

在匆匆的行程中

拍攝徙置大廈的照片

　　鄧阿藍的〈舊型公屋〉沒有分節，一口氣記敍、描述舊型公屋的各種面貌，此詩行文簡單易明，「詩路」亦恰若詩末那群外籍遊客的遊蹤，讀詩如隨遊客「興奮地舉起相機／帶着懷

舊的遊興／在匆匆的行程中／拍攝徙置大廈的照片」。不同的是，「照片」只記敍色相，「詩」則聲色俱備：

一個女人正在沐浴／水聲沙沙沙沙	聲
馬桶裏濺起回聲	聲
炊煙薰黑天花板／染污了子女的床鋪	色
雜亂的物件堆着／書本報刊塞在床底	色
房事的聲音壓低	聲
廁所的木門外／伏着一張報紙	色
便桶壞了水箱／浮着糞尿的水黃黃濁濁	色
霉爛的去水管淤塞／污水流溢出來	色
孩童獨自鎖在家裏／哭叫着作活未歸的父母	聲
眼淚不停滴落門腳／從裂縫中滲出	色

我們且隨「風」從舊型公屋「住戶合用的入口」進去參觀、拍照，又隨風「流去舊型屋邨的大門」，結束「匆匆的行程」。「行色匆匆」是因為景點多，行程豐富，還是舊型公屋聲色味難耐，誰願意久留？

「舊型公屋」不宜久留。且讓我們隨高速發展的八、九十年代，到雨後春筍般聳立的「新型公屋」看看：

大白田街的斜坡　　｜　黃茂林

六月份才搬進石籬二邨
靠山的那頭
就是青蠻接連的安蔭邨
這位置已瞧不見

山與水，在合同中也沒有註腳
房屋署的主任説
你符合了居住條件，請簽名
年底我們花了一大筆錢裝修
夏季把所有人口與雜物一天內送來
日子叫人鎮定又無奈

二房一廳，再次塞滿了人
還好離街市近了一大步
窗戶朝南，多了一個地盤
距離山的感覺似乎又遠了

夏天，陽光溜過發亮的鋁窗外殼

你接觸到的斜坡

停滿了卸貨的車輛

正播放着一位已故歌手的音樂

一群孩童從幼稚園離散

小小的生命

悄悄沿着斜坡

銜接山上傳來的清涼空氣

　　黃茂林的〈大白田街的斜坡〉寫遷居「公屋」的感受，詩甫開首就向我們交代了新的居住環境：

六月份才搬進石籬二邨

靠山的那頭

就是青巒接連的安蔭邨

這位置已瞧不見

　　詩人在第二、三節倒敘交代了這新居「已瞧不見」「青巒接連的安蔭邨」的來龍去脈。那該由去年年底前說起吧：「房屋署的主任說/你符合了居住條件，請簽名」。於是，「年底我們花了一大筆錢裝修/夏季把所有人口與雜物一天內送來」。新居入伙，「日子叫人鎮定又無奈」……

「鎮定」是「房屋署的主任說／你符合了居住條件，請簽名」，終於在這個地少人多、房價高漲的城市裏，覓得一個安身之所，入住政府資助的「公屋」；「鎮定」還因為新居「離街市近了一大步」，生活方便了許多，且「窗戶朝南」，可以吸收清新空氣……

「無奈」是擠迫的居住環境，「二房一廳，再次塞滿了人」。窗外還「多了一個地盤（建築工地）」。原來朝南的窗戶，「距離山的感覺似乎又遠了」，「青巒接連的安蔭邨」，轉眼「已瞧不見」。想起「山與水，在合同中也沒有註腳」，既然心甘情願搬進「石籠」，自然瞧不見「安蔭」。一語雙關的屋邨名稱，讓「無奈」增添幾分幽默。

詩的第四節正式入題，直接寫「大白田街的斜坡」。

我們沿着詩人前面三節的鋪墊，讀到「六月份才搬進石籠二邨」的新居，「已瞧不見」山的青葱，讀到「青巒接連的安蔭邨」，「距離山的感覺」日遠。如今憑窗放眼所見「大自然」的景象，就只有這個斜坡，那是「你」唯一「接觸到的斜坡」，卻「停滿了卸貨的車輛」。此時，陽光「溜過發亮的鋁窗外殼」，「一群孩童從幼稚園離散／小小的生命／悄悄沿着斜坡／銜接山上傳來的清涼空氣」。全詩給讀者留下一個富寓意的畫面。

黃茂林的〈大白田街的斜坡〉抒發新居入伙的喜悅與無

奈，都市成長的新一代「小小的生命」，就在不斷聳立的石屎森林裏、在「鋁窗外殼」旁邊「銜接」斜坡上遠山傳來的空氣和陽光。

寫大斜坡看「邨屋人家」、看「傾斜的風景」的，還有葉英傑的〈和宜合道〉：

和宜合道　　　｜　　葉英傑

每次，巴士
穿過城門隧道
離開收費亭，到達迴旋處
來一個大迴旋，進入和宜合道
開始落斜時，我都醒來
看外面傾斜的風景

每次，離開龐大的梨木樹邨建築群
我總看見那一排邨屋，三層高
稍舊的外牆上配上較新的鋁窗。我想像

他們的視野。起初
四周一片空曠

然後有運動場、泳池，然後有
巨型的梨木樹，還有
變電站。

地下那一層
很多都變成車房了
只剩下幾戶，仍然住着人
他們總拉起落地窗簾
只留下一道裂縫
一小角的電視機內有影像晃動
飯桌的圓弧，有時能看見
有時看不見。

巴士的引擎聲
起初很微弱
逐漸變強，吼叫
一陣停頓
再吼叫，接着又變弱
淡出
每次都一樣。

少數人在這裏下車

通常在清晨，或黃昏，上下班的時間

更多人在假寐

直至到了應該的目的地，才醒來。

　　葉英傑的〈和宜合道〉記敘坐巴士看風景、看「邨屋人家」
的感受。詩人在分享此詩的創作心得時說：「自從公司搬到荃
灣，我被迫變成巴士人。天生容易暈車，所以最初的時候，
每天坐巴士都如臨大敵。後來開始習慣了，開始可以假寐
了，但每次都在城隧出口，我總在巴士開始進行180度大迴環
時醒來。然後就到了傾斜的和宜合道，看見那些斜斜地站着
的房子，和偶爾瞥見房子中，若無其事地生活的人。」（《2011
香港詩選》，石磬文化，2013年12月，頁32）。

　　〈和宜合道〉表面記敘坐巴士的閒情，平淡如水的行文，
字裏行間卻隱含詩人對生活的關注、對居住環境日益擁擠、
「傾斜」的感慨。香港的「邨屋」多建在遠離都市煩囂的郊區。
不過，「自從公司搬到荃灣」，穿過城門隧道（城隧），就是
「傾斜的和宜合道」，從前鳥語花香的「邨屋」，在作者眼中有
這樣的變遷：

　　　他們的視野。起初

四周一片空曠
然後有運動場、泳池，然後有
巨型的梨木樹，還有
變電站。

細看「邨屋人家」，詩人還留意到經濟發展的步伐，已漸漸入
侵原來的民居：

地下那一層
很多都變成車房了
只剩下幾戶，仍然住着人
他們總拉起落地窗簾
只留下一道裂縫
一小角的電視機內有影像晃動
飯桌的圓弧，有時能看見
有時看不見。

葉英傑十分擅於「敍事抒情」，詩中記敍巴士沿「傾斜的
和宜合道」飛馳的引擎聲，恍如都市發展的「吼叫」聲：

巴士的引擎聲

起初很微弱

逐漸變強，吼叫

一陣停頓

再吼叫，接着又變弱

淡出

我們的居住環境，就是這樣由當初「微弱」的變化，「逐漸變強，吼叫」，空曠的大地，轉眼間被「龐大的梨木樹邨建築群」包圍。甚麼時候我們的生活也能像那遠去的引擎聲「淡出」煩囂，「直至到了應該的目的地，才醒來」？一語雙關，富幽默感的詩句還有「巨型的梨木樹」原來不是「樹」，是政府「公屋」建築群；穿過文明的「城隧」，迎接我們的「和宜合道」，原來並不「和宜合」，大斜坡給城市帶來「傾斜的風景」，裏面有「若無其事地生活的人」。

供屋

　　或者，繁忙的都市人難得「若無其事地生活」，梁志華的〈我們的房子——給KY〉抒發的卻是「有屋無生活」的悲傷：

我們的房子——給KY 　|　梁志華

我們曾經渴望
這樣的一所房子
可以在客廳和房間
擺滿書架
滿載心愛的詩集和小說
楊德昌與宮崎駿的電影光碟
加上貝多芬的音樂唱片
錄影機之外加上
VCD機，倘若能力許可
再多買一台
DVD機

倘若時間許可

我們真的擁有

這樣的一所房子

雖然面向西北，且

鄰近海邊

冬天溫度奇低

害我經常患上感冒

吞下抗生素和藥水

家徒

四壁都是書架

都是書，用以生產論文

製作講義和教材

或更多書本

錄影帶內有

安哲羅普洛斯

這三年前認識的希臘導演

祇要把影帶輕輕一推

我知道

就可以看到

霧中風景

尤里西斯

的凝望或

鸛鳥踟躕

倘若時間許可

我們總在踟躕

答應了的詩稿總寫不出來

還是先處理下學年的工作申請

出門時別忘了投寄

給學報的論文

在假日得首先

與雙方的家族

團年、開年、晚宴、午膳

然後

消化、嘔吐或腹瀉

回家後我嘗試

代替休假的鐘點女傭

洗碗、洗米、洗菜

按電腦飯鍋的指引

煮一鍋瑤柱金菇肉丸粥

輸入程式

然後等待您醒來

而隔壁搓麻將的聲音

總會把窗外雀鳥的鳴聲

或爵士樂唱片的聲音淹沒

或遭賀年的喧囂淹沒

你知道嗎

我其實真的很想

開啟電腦

查閱電郵

渴望問候一位老師的近況

或者跟一位重逢的朋友商討

一個童話故事

的合作計劃

但此刻我就坐在

你的身旁

看着你蜷縮

在被窩之內

頭髮散亂

面容蒼白

閱讀五年前你給我寫下的詩

我拿起幾張廢紙

寫下一首

關於我們

和我們的房子

的詩

　　梁志華的〈我們的房子——給KY〉表面寫「我們的房子」，卻花大篇幅寫「我們的生活」。「房子」就是「家」，是生活的地方，沒有房子，何以為「家」？只是，有了房子成了家，原來生活不易。

　　此詩第一節寫「我們曾經渴望／這樣的一所房子」，那是「文青」的夢想之家：「客廳和房間／擺滿書架／滿載心愛的詩集和小說」，還有喜愛的音樂和電影光碟：「楊德昌與宮崎駿的電影光碟／加上貝多芬的音樂唱片」，好讓屋主隨時召喚。好吸引的一所房子，好溫暖的一個家。只是，詩人在節末煞有介事地說了一句耐人尋味的結語：「倘若時間許可」。

　　詩的第二節寫夢想達成：「我們真的擁有／這樣的一所房子」。我們細閱後文，才發現在「我們的房子」生活並非當初渴望「這樣的」。原來「我們的房子」「面向西北，且／鄰近海邊／冬天溫度奇低／害我經常患上感冒／吞下抗生素和藥水」。「我們的房子」果然「四壁都是書架／都是書」，卻不見心愛的詩集和小說，而是擺滿日常工作、學習用的書籍。即便「錄影帶內有／安哲羅普洛斯」，「祇要把影帶輕輕一推／我知道／

就可以看到／霧中風景／尤里西斯／的凝望或／鸛鳥踟躕」，也無福消受。詩人同樣以首節末句作結「倘若時間許可」。

兩次出現的「倘若時間許可」隱藏了詩人、「文青」對「我們的房子」「節節敗退」的卑微渴望。我們發現，在第一節羅列「我們的房子」的內容包括書架「滿載心愛的詩集和小說」，還有「楊德昌與宮崎駿的電影光碟／加上貝多芬的音樂唱片」。那是「時間許可」的「最大渴望」。到了第二節，我們發現書架和時間都讓給了工作和學習用的書籍。第二節羅列的「渴望內容」就只有「把影帶輕輕一推／我知道／就可以看到／霧中風景／尤里西斯／的凝望或／鸛鳥踟躕」，詩人仍補上一句：「倘若時間許可」。好一句「霧中風景」，因為第二節的「渴望內容」其實形同虛設，都幻滅在「倘若時間許可」裏。

「我們的房子」原來無法滿足生活的渴望，因為「時間不許可」。詩人在第三節力陳日常在「詩稿」、「工作申請」、「論文」、「團年、開年、晚宴、午膳」和「代替休假的鐘點女傭」間「踟躕」、忙碌的日常生活。清晨醒來，即便有「窗外雀鳥的鳴聲／或爵士樂唱片的聲音」，也總會被「隔壁搓麻將的聲音」和「賀年的喧囂」淹沒……

縱使「時間不許可」，詩人仍「很想／開啟電腦／查閱電郵／渴望問候一位老師的近況／或者跟一位重逢的朋友商討／

一個童話故事／的合作計劃」；仍毋忘初衷，擠時間讀被生活折磨得「頭髮散亂／面容蒼白」的妻子——「五年前你給我寫下的詩」，並且「拿起幾張廢紙／寫下一首／關於我們／和我們的房子／的詩」。全詩至此戛然而止，再擠不出一秒鐘、一個字。這是「文青」對「我們的房子」「節節敗退」的卑微渴望的唯一底線；這是詩人在「倘若時間許可」、在一息尚存的空間裏，「拿起幾張廢紙」寫成了這首詩。

梁志華的〈我們的房子〉寫房子的內容、寫理想的家。「我們的房子」是一個「有瓦遮頭」的「外殼」，更是一個慰藉心靈的「家」。「我們曾經渴望／這樣的一所房子」。只是大都市寸金尺土一房難求。忙碌的都市人活在「我們的房子」，依舊無法安家，正正與希臘導演安哲羅普洛斯的電影〈鸛鳥踟蹰〉、「有家歸不得」的主題相同，直接加強了此詩的諷刺意味。

為了房子，我們不惜以畢生的積蓄「供樓」來圓一個家的夢。有了家便有兒女，兒女長大成人，便又為各自的家而追逐房子。鍾國強的〈房子〉可能道盡一眾港人世代為房子為家的悲哀：

房子　　　｜　鍾國強

房子不是我的，是我父親的
雖然磚塊我有份製造
將水注入水泥混和沙和碎石
再倒進長一呎寬六吋的矩形木框裏
舂實，壓平，慢慢移去木框
便是一個堅實的存在
升起十三呎半的高度，可以望遠
可以栽種玫瑰，延續新年過後的橘子
可以開四方的口，將風景納入牆壁
並沿樓梯一直滑下，停在地下一角的影子裏

房子不是我的，是房東顧生顧太的
不可以喧鬧，不可以有子女
不可以舉炊，不可以在燒水之外
燒其他甚麼。洗澡時用小小的面盆
把水潑上來，把濺在浴缸外的水抹得
一點痕跡也沒有。不可以夜歸
防盜鏈扣上，要勞煩顧生繫上睡褲出來
開門。房間不可以把窗擴闊，對面
重建成一幢彪形大廈，把影子蓋滿我全身

房子是我的，我把左手伸向一面牆
伸盡的右手中指便得暫時離開
另一面牆，約莫三吋光景。我放下百葉簾
把平日可以握手的鄰居排在外面。燃起煤氣
把魚腥肉臊連同廢氣盡情釋放
往外面想像裏遼闊得把握不住的空間
我一腳踏在客廳也是飯廳的柚木地板上一腳
踏在廚房暗紅色的方塊瓷磚上，感到踏實
感到電冰箱源源滲出的冷藏味道
在它投在地上漸漸膨脹的影子裏

房子是我的，在銀行誇飾的信箋
和地產代理頻繁更換的廣告之間
我感到房子的實在，就像蝸牛感到殼
敲下去有金屬的聲音。我慢慢走着
抬頭向前望去，感到金屬越來越輕
越來越輕，慢慢，向着膨脹的天空飄升

房子不是我的，是銀行的
我可以在屋裏多走幾步
好把想不透的事情想得透徹
可以望向遠方的島，望向更遠的海

想像將要來臨的無盡日子

可以望雲，望天氣的變幻

多寫幾首無關痛癢的詩

然後躺在更大更寬的床上

讓夢境擠出更多時間供我消磨

房子不是我的，是父親的

父親一次意外，從樓梯高處跌下來

跌在自己一手建造的陰影裏

甦醒後便開始繪畫房子的平面圖

藍色墨水像他眼圈未散的血塊

住市區的哥哥分了二樓半層

青馬大橋旁的弟弟分了地下一半

廚廁，客飯廳公用，而我分了

二樓另一半。我望着一絲不苟的

圖則，間隔和那些密密麻麻的

註明文字，漸漸回到我的過去

我的房間從那裏分出來，穿過籬笆

水井、爆竹碎屑和人煙，然後停在

不得不停的地方，那是甚麼地方呢？

我望着父親的眼睛，兩口深邃的井

分了的房子其實是一個房子

房子不是我的，父親和我都知道

我望着兩座島盡想着這些事情
兒子和女兒在身邊嬉玩
拉不動我便硬要我回答IQ題
如何用三刀將蛋糕切成八塊
我想房子將來，房子將來
是不是他們的呢？還是我和妻
付出所有後守着空闊的四壁
如平面圖上兩圈幽藍的墨漬？
「開估」，我沒怎麼想過就放棄了
兒子和女兒興奮地說出他們的答案

房子不是我的，我看着對面的島
遭一把刀子切成八塊

　　鍾國強的〈房子〉由九節組成，此詩道盡香港人畢生為居住的房子而苦惱的悲哀。詩人首先憶述兒時與父親一起製造磚塊蓋房子的情景：「將水注入水泥混和沙和碎石／再倒進長一呎寬六吋的矩形木框裏／舂實，壓平，慢慢移去木框／便是一個堅實的存在」。在父親親手造的房子裏成長的童年，「可

以望遠／可以栽種玫瑰，延續新年過後的橘子／可以開四方的口，將風景納入牆壁」，此節末句憶述「我」在父親的房子裏玩耍，「沿樓梯一直滑下，停在地下一角的影子裏」──那是活在「父蔭」，不必為房子煩惱的快樂童年。

　　詩的第二節寫「我」搬離父親的房子，投身社會生活，租住「顧生顧太」的房子的情況。因為「房子不是我的」，便要遵守「包租公」和「包租婆」(顧生顧太) 許多「不可以」的嚴格租住規條：「不可以喧鬧，不可以有子女／不可以舉炊，不可在燒水之外／燒其他甚麼」、「不可以夜歸」、「不可以把窗擴闊」……「房子」變成了一頭巨獸，吃掉「我」許多生活所需。此節末句「一幢彪形大廈，把影子蓋滿我全身」，十分形象化地呈現「房子」的可怕。

　　到了第三節，我們終於讀到「房子是我的」的豪言壯語。但「我」的房子面積小得可憐：「我把左手伸向一面牆／伸盡的右手中指便得暫時離開／另一面牆，約莫三吋光景」、「我一腳踏在客廳也是飯廳的柚木地板上一腳／踏在廚房暗紅色的方塊瓷磚上」。縱使如此，「我」卻「感到踏實」，可以「放下百葉簾／把平日可以握手的鄰居排在外面」，將多年積存的「廢氣盡情釋放」，並且「漸漸膨脹」……

　　第四節進一步寫「房子是我的」，且「在銀行誇飾的信箋／

和地產代理頻繁更換的廣告之間／我感到房子的實在」——那是無殼蝸牛終於擁有自己的殼的「實在」，那是「殼價」在廣告不斷催谷上升的「實在」。生活一下子輕鬆起來，「越來越輕」彷彿坐上夢想氫氣球，「慢慢，向着膨脹的天空飄升」……

詩的第五節急轉直下，原來「房子不是我的，是銀行的」。跟大部分的香港人一樣，「我」將剛買下的房子抵押給銀行，然後分期「供樓」還款給銀行。因此，只要每月有錢給銀行，便「可以」暫時說「房子是我的」，便「可以」實實在在地生活，便「可以」在房子裏做許多「無關痛癢」的事情。銀行要的是錢，其他事情一概不管，此節諸多的「可以」與租住「顧生顧太」房子的諸多「不可以」形成強烈對比。

詩的第六節記敘「父親一次意外，從樓梯高處跌下來」，便着手「分房子」予三個兒子。由「分房子」想到「成長」、想到「家」。「我的房間從那裏分出來，穿過籬笆／水井，爆竹碎屑和人煙，然後停在／不得不停的地方，那是甚麼地方呢？」，一生追逐安身的「房子」，甚麼時候才能在自己的房子「停下來」？父親「分了的房子其實是一個房子」，「房子不是我的，是父親的」。

詩的第七節只有一句「房子不是我的，父親和我都知道」。此節承上啟下，展開詩人對一生追求「房子」的思考和

感慨……

　　的確，「房子不是我的，父親和我都知道」，三兄弟瓜分父親的房子，「我分了／二樓另一半」。「我」只佔房子的一部分，所以「房子不是我的」。此外，兄弟三人成長後都遷出了「父親的房子」，都要成家立室，追逐自己的房子。那「瓜分的房子」，始終「不是我的，父親和我都知道」。由父親想到自己、想到兒女、想到自己將來分期「供完」的房子：「我想房子將來，房子將來／是不是他們的呢？還是我和妻／付出所有後守着空闊的四壁」。一生追求的房子，最終要重蹈父親的覆轍？

　　鍾國強的〈房子〉對港人追求「房子」的思考是沉重的，此詩抒發了香港人為了房子世代「付出所有」的悲哀。詩末詩人將我們一生追求的房子等同「兒戲」，讓人讀來心痛：「房子不是我的，我看着對面的島／遭一把刀子切成八塊」。到頭來我們一無所有！

　　追求「房子」成為香港人的生活陰影，我們讀鍾國強的〈房子〉就一直停在這個陰影裏。詩的第一節寫「我」兒時在父親的房子裏遊戲，「將風景納入牆壁／並沿樓梯一直滑下，停在地下一角的影子裏」。「父親的房子」給「我」庇蔭，那是快樂的童年。詩的第二節寫「我」租住顧生顧太的房子，租住

條件諸多的「不可以」，把「我」壓得透不過氣來，「對面／重建成一幢彪形大廈，把影子蓋滿我全身」；「房子」的生活陰影形象、生動。詩的第三節寫「房子是我的」，「我」在細小的房子裏感受家具、「在它投在地上漸漸膨脹的影子裏」。由渴望擁有房子，到真正擁有房子；由空虛到實在，過度壓迫後的膨脹、虛榮心理，由一個「漸漸膨脹的影子」交代。詩的第六節，寫「（父親）跌在自己一手建造的陰影裏」。我們為房子而活，為房子而站起來，繼而「膨脹」，最終也倒在房子的陰影裏。

我們確為「房子」而「膨脹」。香港寸金尺土，我們的房子雖小，卻有「膨脹」的理由。因為「房子是我的」，「我放下百葉簾／把平日可以握手的鄰居排在外面。燃起煤氣／把魚腥肉臊連同廢氣盡情釋放」，「我一腳踏在客廳也是飯廳的柚木地板上一腳／踏在廚房暗紅色的方塊瓷磚上，感到踏實／感到電冰箱源源滲出的冷藏味道／在它投在地上漸漸膨脹的影子裏」。在自己的房子裏將「廢氣盡情釋放」，感受「冷藏味道」在「膨脹」，與其說是「膨脹」，毋寧說是「發洩」、是反語。此外，我們在不斷「膨脹」，還因為房價的不斷上漲。「在銀行誇飾的信箋／和地產代理頻繁更換的廣告之間／我感到房子的實在，就像蝸牛感到殼／敲下去有金屬的聲音」。有金屬聲音

的房子（殼），且超現實地「越來越輕，慢慢，向着膨脹的天空飄升」。這場景讓人想起美國卡通電影UP（《沖天救兵》）：「膨脹」的氣球、「膨脹」的房子、「膨脹」的房價、「膨脹」的夢，「向着膨脹的天空飄升」……誇張變形超現實的場景，將一生追求「房子夢」，過度壓迫的心理膨脹的諷刺效果推向極點。

　　鍾國強的〈房子〉帶我們遊走於「房子不是我的」與「房子是我的」之間，感受「房子迫人」的生活節奏。

7

位置

——我們也許混在急促的步聲中尋找各自的表達方法

位置

　　城市有「膨脹」的房價，我們有「膨脹」的夢，「向着膨脹的天空飄升」。甚麼時候開始，我們習慣了活在膨脹的氣球裏，迷失自我：

離線　　｜　陳穎怡

xxxxx@abc.blg.nt.hk

你説
這是你的地址
你説地址可以找到你不需電話
在哪兒呢
左顧右盼喧鬧街市上的唐樓下遇到百佳它説直行後退
　　側目便見
成熟霓虹向上仰望天空俯瞰新界某區某幢building某
　　個你

我

說我

還是不懂

但我相信abc building之前百佳會讓我經過唐樓附近魚
　　檔阿嬸濺起生魚鮮血石屎

地上抬頭避開之後會發現一團熟口熟面的雲會下雨之
　　間拍門

拍　　　　門

開　　　了

　　陌生人　　說hk真的nt真的abc　　building真的

陌生的口吻說xxxxx卻很陌生

離開

雨粉化開手上的地址

沉甸甸行李挽着我突然不見了abc或者我未曾到過街
　　市而轉角只有惠康

沒有電話怎對你說我很害怕很害怕很害怕

陽光普照

我打着一把會下雨的傘游離

　　〈離線〉是陳穎怡中學時期的作品，此詩題材內容和表達

手法跟高速發展的互聯網一樣新穎。全文由一個電郵地址引起：「xxxxx @ abc.blg.nt.hk」，「你說／這是你的地址／你說地址可以找到你不需電話」。然後，「我」便依循「你的地址」登門造訪。我們都知道，拿着一個電郵地址上門，註定是徒勞的。然而，小詩人對電郵地址的戲言，值得我們反省。

甚麼時候開始，虛擬世界取代了實實在在的生活，「地址」沒有了「地」？那些我們熟悉的人情、地標如街市、魚檔阿嬸、生魚鮮血、石屎地、唐樓、百佳、惠康、新界的building、熟口熟面的雲和雨，都要離我們而去，要被遺忘？找朋友不必走路，我們在虛擬的網絡上見面、聊天。〈離線〉那些刻意拉長的句子與細碎的短語形成強烈對比，呈現「離線」的無奈，加強了「地址」的虛無與不合理。

我們活得愈來愈虛了，陳穎怡的〈離線〉讓我們想起自己的「位置」，一個可以安身立命的位置：

尋找一個存放水杯的位置 | 游欣妮

把信投寄到不同的角落
尋找一個存放水杯的位置

我忽然記起那天午後

你把水杯裝在白色背心膠袋裏帶回來

說了一句類似明天不用上班的話

之後的一段日子

起床梳洗的時候

終於能看見你吃早點的身影

沒有人知道

我曾悄悄拉開袋子的結

看過那米色有花的塑膠水杯

那不是家中的水杯呢

我繼續每天上學唸書

隨着琴聲輕快地哼唱不合音律的兒歌

「爸爸上班工作忙放假陪我郊外往」

數學堂的棒形圖讓我們笑着舉手

統計每一個爸爸的職業

在學生手冊上刻寫「肉檔小販」幾個小字的時候

老師沒有教導我

尋找和失去工作的意義

偶爾閃過當日午後的光影

無法還原袋子的活結
拉扯着延續至日後的疑問

我訝異於多年後仍記住
豬肉堆中冒起一個水杯的畫面
閉上眼
生豬肉的氣味徐徐飄起
彷彿終於明白
課堂上高舉的手臂
原是用來摘一個
在大家眼中
屬於爸爸的位置

　　游欣妮的〈尋找一個存放水杯的位置〉寫我們工作的「位置」。此詩借「尋找一個存放水杯的位置」抒發對父親失業的感慨。我們都知道，在職工作的人都有一個水杯放在自己的工作崗位旁邊，平時工作累了、口渴了就取水杯喝一口水。此詩第一節就借水杯起興，交代了求職的情節：「把信投寄到不同的角落／尋找一個存放水杯的位置」。

　　詩的第二節詩人倒敍交代父親失業的情況：那是「我忽然記起那天午後／你把水杯裝在白色背心膠袋裏帶回來／説了

一句類似明天不用上班的話」。對於父親的失業，「我」似乎
無動於衷，詩的第四節這樣寫：

> 我繼續每天上學唸書
> 隨着琴聲輕快地哼唱不合音律的兒歌
> 「爸爸上班工作忙放假陪我郊外往」
> 數學堂的棒形圖讓我們笑着舉手
> 統計每一個爸爸的職業
> 在學生手冊上刻寫「肉檔小販」幾個小字的時候
> 老師沒有教導我
> 尋找和失去工作的意義

不過，在「我繼續每天上學唸書」的一個清晨，「終於能看見
你吃早點的身影」。「我」才「忽然記起」父親說過「類似明天
不用上班的話」、才驚覺父親失業的事實、才開始認識那個
「不是家中的水杯」、那個「不是家中的」父親：

> 我曾悄悄拉開袋子的結
> 看過那米色有花的塑膠水杯
> 那不是家中的水杯呢

游欣妮的〈尋找一個存放水杯的位置〉寫水杯如父親,「我曾悄悄拉開袋子的結/看過那米色有花的塑膠水杯/那不是家中的水杯呢」,宛如「我曾悄悄拉開袋子的結/看過父親/那不是家中的父親呢」。對於養育自己多年的父親,「我」忽然覺得陌生起來。「白色背心膠袋」的結,是「父親的結」;「活結」是「幹活的結」吧?它包含着「父親的職業」。由於「老師沒有教導我/尋找和失去工作的意義」,「我」始終「無法還原袋子的活結/拉扯着延續至日後的疑問」,無法了解那個「不是家中的父親」、無法了解父親的職業,以至「多年後仍記住/豬肉堆中冒起一個水杯的畫面」。然後,終於有一天(自己當了老師之後?),「彷彿終於明白」職業的秘密與神聖。

游欣妮的〈尋找一個存放水杯的位置〉是一首敍事詩,詩人不動聲色,將濃厚的感情淡然收藏在敍事情節的字裏行間,簡單如以「忽然」、「類似」交代父親失業,以「終於」、「身影」交代父女疏離,以「悄悄」打開父親的「活結」,來呈現全詩的主題。詩中父親的「活結」,除了讓人想起「幹活的結」,代表父親的職業,也同時反映「我」的「心結」,這「心結」一直「拉扯着延續至日後的疑問」。詩人還擅於運用精心挑選的意象群來刺激我們,展開聯想的翅膀,由「數學堂的棒形圖」,想到「高舉的手臂」,到後文那個「豬肉堆中冒起一個

水杯的畫面」。如果「高舉的手臂」代表自信、神聖，那麼當「肉檔小販」的爸爸，是「大家眼中／屬於爸爸的位置」嗎？

〈尋找一個存放水杯的位置〉除了歌頌當「肉檔小販」的爸爸的偉大與神聖，還帶出深刻的教育問題。學校裏教導的是「不合音律的兒歌」，「數學堂的棒形圖讓我們笑着舉手／統計每一個爸爸的職業」。「我忽然記起那天午後／你把水杯裝在白色背心膠袋裏帶回來／說了一句類似明天不用上班的話」。好奇心驅使「我」「悄悄拉開袋子的結／看過那米色有花的塑膠水杯／那不是家中的水杯呢」，才發現有一個「不是家中的爸爸」。然而，對於父親「失業」，「我」無動於衷，每天仍「繼續」「輕快地」唱「爸爸上班工作忙放假陪我郊外往」，仍「笑着舉手」讓老師統計每一個爸爸的職業。因為「老師沒有教導我／尋找和失去工作的意義」。我們也不知道老師有沒有教導「我」職業無分高低貴賤，只知道多年之後（作者為人師表之後？）「我」「彷彿終於明白／課堂上高舉的手臂／原是用來摘一個／在大家眼中／屬於爸爸的位置」；不知道「肉檔小販」是不是「在大家眼中／屬於爸爸的位置」，只知道「我」曾經「笑着舉手」——一個耐人尋味的畫面……

游欣妮的〈尋找一個存放水杯的位置〉教導大家：我們都需要一個屬於自己的位置，一個家以外的位置、一個工作的

位置、一個讓自己有尊嚴地生活的位置。詩中的「活結」也顯示出父親對「尋找一個存放水杯的位置」的自信，正如鍾國強先生評此詩時所云：「『把信投寄到不同的角落／尋找一個存放水杯的位置』，這節……於父親，是廣尋門路重新找工作，有信心找到自己的位置；於女兒，也是有信心在教育領域內一反那種傳統死板的觀念和脫離生活的傾向，找到自己所相信的、可以發揮的位置。如不嫌過度詮釋，我還樂於指出首句所言的『信』，於我讀來，不僅僅是實體的信而已」。（見《香港中學生文藝月刊》第44期，2014年9月）

「信」除了是實體的信，還包含「信念」、「自信」；「職業」除了賺取生活，還是一個讓我們「可以發揮的位置」。讓我們也讀讀這一首：

地下鐵的大提琴手　　　｜　　羅貴祥

這也不是一件怎樣難以想像的事情
候車男人的腳板輕輕地拍打着月台，鞋裏的

腳指頭在互相磨擦，開門的第一時間踩進車廂
你抱着你的大提琴擠在人叢中會想些甚麼？

譬如在地鐵大堂辦一次個人的演奏會
面對四面八方來的觀眾，你用公眾的語言還是

堅持私人的拉奏方法？譬如，理論上你比
任何一個流行歌手都要快樂，長長的車廂

宣揚古典的品味，把音色調得好低
感受黑暗之後忽然光亮的每個車站的猛烈心跳

假如下班的時間一片寧靜，假如我們
優悠踱步，你可不可以放下那些緊湊的旋律

嚴謹的樂章？任由我們敏感的神經
在逼壓的大廈下面自由地伸展

到了這裏，你和我都知道
沉實的泥土比高闊的天空更真實更容易感覺

我們也許混在急促的步聲中尋找各自的表達方法
因為在地鐵大堂，沒有甚麼事情不可以想像

羅貴祥的〈地下鐵的大提琴手〉抒發作者目睹一位大提琴手乘搭地下鐵的感想。本來一個繁忙都市，住着各式各樣，不同職業、不同興趣、不同想法的人不足為奇，何以在地下鐵偶遇一個大提琴手，便「觸景生情」產生如此多的問題，寫成一首詩呢？詩人在第一節和末節給了我們一個意想不到的提示，就「因為在地鐵大堂，沒有甚麼事情不可以想像」。的確，在一個高度現代化的城市，火車可以建在地下，還有甚麼不可以發生？繁忙都市日新月異，時刻在刺激我們的想像力，比方一個大提琴手，在一個紙醉金迷、金錢掛帥的「文化沙漠」裏，「你抱着你的大提琴擠在人叢中會想些甚麼」？一個從事高雅藝術表演的大提琴手，將如何面對一個高度商業化、充斥流行音樂的社會？大提琴手哪裏去找屬於自己的「位置」？演繹自己的聲音？〈地下鐵的大提琴手〉就以此為起點展開聯想的詩篇……

我們細閱第三至第八節的內容，不難發現互相對應、對比的行文格局：

個人的演奏會	公眾的語言
私人的拉奏方法，古典的品味	流行歌手
黑暗	光亮

緊湊的旋律	寧靜、優悠踱步
嚴謹	自由
自由地伸展	逼壓的大廈
高闊的天空	沉實的泥土，更真實，更容易感覺

如果「（大提琴手）私人的拉奏方法」、「古典的品味」是「高闊的天空」，代表「個人」、代表「理想」。那麼，「流行音樂」、「公眾的語言」便是「沉實的泥土」，代表「公眾的品味」、代表「現實」。一位「古典品味」的大提琴手，可曾想過以「私人的拉奏方法」「擠在人叢中」辦一次「個人的演奏會」？在人稱「文化沙漠」的香港，高雅藝術如何帶領大家「感受黑暗之後忽然光亮」「的猛烈心跳」？

羅貴祥的〈地下鐵的大提琴手〉要表達的並非單純的「理想」與「現實」的矛盾與掙扎情感。作為一個職業大提琴手在商業社會謀生不易，然而，詩人進一步要求「大提琴手」在工作和生計以外，「假如下班的時間一片寧靜，假如我們／優悠踱步，你可不可以放下那些緊湊的旋律」、放下「嚴謹的樂章？任由我們敏感的神經／在逼壓的大廈下面自由地伸展」。

詩人續說「到了這裏（地下鐵），你和我都知道／沉實的泥土比高闊的天空更真實更容易感覺」。的確，藝術源於生活，生活造就藝術。尤其是到了「這裏」——在天馬行空的地下鐵、在詩要結束的時候，詩人交出了他的答案：「我們也許混在急促的步聲中尋找各自的表達方法」。

飛翔

　　羅貴祥的〈地下鐵的大提琴手〉記敍詩人在地下鐵「觸人生情」，想到一個人在混雜的都市裏如何自處的問題，潘步釗卻在駕車「搶前」追逐「位置」中，瞥見生命中最美麗動人的風景。我們讀讀他的〈瞥〉：

瞥　　｜　潘步釗

我的汽車在屯門公路上走
灰灰暗暗的早上
一路是晨起的空濛
滾動的灰塵在疾裂的公路
揚起又灑落
我偷看緊隨的大貨櫃車
緊繃神經線
提防着它不問情由的
切過來

忽然

瞥見了

發橙的朝陽

就貼在我的倒後鏡

渾圓通透的橙黃

真真幻幻

貼滿了窄長的玻璃片

我斜睨

想轉過身來

但車子只往前走

我想多看一眼

但此時我忙着踏油門搶前，因為

大貨櫃車又擺動着身軀靠過來了

如果這時

我可以幽幽地

把車子泊在公路之旁

像解鞍少駐的高樓

繫馬

然後站在一棵垂柳身旁

任倒懸的枝條

拂滿一身

水影粼粼在腳下

朝陽的倒影也在腳下

生活是注定有這種逆差的嗎？

美麗動人的永遠在倒鏡裏

我來不及轉身，因

早上的會議準時八點二十五分召開

我的車輪只有朝這定點滾去的方向

大欖隧道像個張着大口的烈獸

倒後鏡的朝陽會

在我被吞噬前掉下

像流浪人唾下的一口濃痰

口腔的幽黑

將我吐出來時已經是

另一天地

另一心情

時代的節奏

會容許我

這時

來個180度拐彎

朝我來時的方向

回到真正的起點

輕輕撫弄

歲月的劉海嗎?

　　潘步釗的〈瞥〉行文簡單直接,全詩分五節寫成,記敍早上駕車上班的心情。詩的第一節詩人就領我們去「灰灰暗暗」、「灰塵在疾裂」的屯門公路。這個時候,大家都在趕路上班,「我的汽車」正在跟「大貨櫃車」爭奪道路……

　　詩的第二節記敍「我」在偷看緊隨的貨櫃車的同時,在汽車的倒後鏡裏「忽然/瞥見了/發橙的朝陽」,渾圓的朝陽「貼滿了窄長的玻璃片」。這時,「我」便身處一個兩難的局面:

我斜睨

想轉過身來

但車子只往前走

我想多看一眼

但此時我忙着踏油門搶前,因為

大貨櫃車又擺動着身軀靠過來了

到底要趕路「搶前」,還是要看「後面的」朝陽呢?詩人哀嘆:「生活是注定有這種逆差的嗎?」詩人在第四節進一步交代自

己身處的「逆差」：

> 美麗動人的永遠在倒鏡裏
> 我來不及轉身，因
> 早上的會議準時八點二十五分召開
> 我的車輪只有朝這定點滾去的方向

由市區經屯門公路到學校上班開會（作者在元朗區一所中學當校長），要穿過大欖隧道，在來不及思考、取捨的同時，自己己身不由己，隨汽車走入了幽黑的大欖隧道：

> 大欖隧道像個張着大口的烈獸
> 倒後鏡的朝陽會
> 在我被吞噬前掉下
> 像流浪人唾下的一口濃痰
> 口腔的幽黑
> 將我吐出來時已經是
> 另一天地
> 另一心情

可以想像，汽車在隧道「將我吐出來」的另一頭，抵達元朗區

時，朝陽已經看不見，那尾隨的大貨櫃車也沒有了蹤影。那時，「我」自當有「另一天地／另一心情」。

潘步釗的〈瞥〉顧名思義記敍繁忙都市生活裏的「一瞥心境」。繁忙都市，難得「一瞥」，詩人要跟我們分享「瞥」的故事，恰巧就發生在通往屯門、元朗的高速公路上。一語雙關的內容還見諸「我」在高速公路上要擺脫「大貨櫃車」，彷彿要我們在百上加斤的忙碌生活裏，擺脫身上的「大貨櫃」；汽車的「倒後鏡」讓我們看見自己的來路，終日為生計而奔波、利欲薰心的都市人，甚麼時候也從「倒鏡」裏看見自己的故鄉？我們從哪裏來？來到這個光怪陸離的城市？甚麼時候我們不再「搶前」，「解鞍少駐」放棄追逐，「然後站在一棵垂柳身旁／任倒懸的枝條／拂滿一身／水影粼粼在腳下／朝陽的倒影也在腳下」？詩人在結尾處進一步要求「來個180度拐彎／朝我來時的方向／回到真正的起點」。哪裏才是我們的「真正的起點」？那當是生活最原始的地方？最美麗動人的風景！

我們總有迷失的時候，潘步釗在「搶前」、追逐的空隙裏瞥見生活中最美麗動人的風景；梁秉鈞則選擇離開工作崗位，「中午到外面的路上走走」。我們讀讀他的名篇〈中午在鰂魚涌〉：

中午在鰂魚涌　｜　梁秉鈞

有時工作使我疲倦

中午便到外面的路上走走

我看見生果檔上鮮紅色的櫻桃

嗅到煙草公司的煙草味

門前工人們穿着藍色上衣

一群人圍在食檔旁

一個孩子用鹹水草綁着一隻蟹

帶牠上街

我看見人們在趕路

在殯儀館對面

花檔的人在剪花

在籃球場

有人躍起投一個球

一輛汽車響着喇叭駛過去

有時我走到碼頭看海

學習堅硬如一個鐵錨

有時那裏有船

有時那是風暴

海上只剩下白頭的浪

人們在卸貨

推一輛重車沿着軌道走

把木箱和紙盒

緩緩推到目的地

有時我在拱門停下來

以為聽見有人喚我

有時抬頭看一幢灰黃的建築物

有時那是天空

有時工作使我疲倦

有時那只是情緒

有時走過路上

細看一個磨剪刀的老人

有時只是雙腳擺動

像一把生銹的剪刀

下雨的日子淋一段路

有時希望遇見一把傘

有時只是

繼續淋下去

煙突冒煙

嬰兒啼哭

路邊的紙屑隨雨水沖下溝渠

總有修了太久的路
荒置的地盤
有時生銹的鐵枝間有昆蟲爬行
有時水潭裏有雲
走過雜貨店買一枝畫圖筆
顏料鋪裏有一千罐不同的顏色
永遠密封或者等待打開

有時我走到山邊看石
學習像石一般堅硬
生活是連綿的敲鑿
太多阻擋，太多粉碎
而我總是一塊不稱職的石
有時想軟化
有時奢想飛翔

　　梁秉鈞的〈中午在鰂魚涌〉主要記敍作者因為工作疲倦而「到外面路上走走」，排解鬱結情緒的情況。全詩內容盡是詩人散步沿途所見的人和事，「雜然前陳」在我們面前。值得我們留意的是詩中眾多「有時」句子構成的獨特語調和內涵。

由「有時」句子構成含糊、不肯定的語氣，衍生出生活既可以「有時」這樣，也可以「有時」那樣的內涵。於是，「有時工作使我疲倦」、「有時那只是情緒」就變成一句無關痛癢的陳述。這種讀起來平淡、平易，親切如閒話家常的「有時」句子貫穿全詩，最好紓緩緊張不安的情緒。

「有時」可以作「往往」、「常常」、「時常」解，例如我們說：「生命有時很脆弱」，就等於說：「生命往往很脆弱」、「生命常常很脆弱」、「生命時常很脆弱」。我們隨詩人「到外面的路上走走」，「雜然前陳」盡是大家司空見慣的生活日常。我們稍為整理一下詩人「中午在鰂魚涌」漫步所見的事物，不難發現當中的「必然關係」：

生果檔上鮮紅色的	櫻桃
煙草公司的	煙草味
工人們穿着	藍色上衣
食檔	蟹
趕路	殯儀館
花檔	剪花
籃球場	投球
汽車	響喇叭

碼頭	海
鐵錨	船
風暴、海上	浪
卸貨、木箱和紙盒	一輛重車、目的地

　　「生果檔有鮮紅色的櫻桃」、「煙草公司有煙草味」、「工人們穿着藍色上衣」……那是我們日常生活的「合理常態」吧？理所當然的事物變成了紓緩鬱結的良藥，生活「有時」（常常）就是這麼簡單、自然而然。

　　「有時」也可以作「偶爾」、「不經常」解，例如我們說：「生命有時很脆弱」，就等如說：「生命偶爾很脆弱」。我們「偶爾」工作累了鬧情緒，便「到外面的路上走走」，看櫻桃的鮮紅、嗅煙草的香味、看花看海看天空……生銹的剪刀「偶爾」要磨一磨，走（工作）累了的雙腿「偶爾」要休息一下。下雨天無懼「偶爾」「淋一段路」。「總有修了太久的路／荒置的地盤／有時生銹的鐵枝間有昆蟲爬行／有時水潭裏有雲」，絕處總有生機。生活有「一千罐不同的顏色」、有一千種生計，「密封或者等待打開」。「走過雜貨店買一支畫圖筆」，好讓我們繪畫最新最美的圖畫。

「有時」無論作「偶爾」解，或者作「常常」解，都有安慰、安撫的意思。用「偶爾」來安慰自己，「有時工作使我疲倦／有時那只是情緒」，就是說：偶爾工作使我疲倦，「偶爾」的疲倦好快過去，「偶爾」鬧情緒也是正常的。遇上這個情況，最好暫時離開自己的工作環境，「到外面的路上走走」就好，一切都會過去的。如果用「常常」來安慰自己，則「有時工作使我疲倦／有時那只是情緒」，就變成工作使人疲倦、使人鬧情緒是常事，理所當然，人人都會遇上。只要你「到外面的路上走走」，看大家都在各自忙碌、默默工作，就明白生活從來就這麼過，沒甚麼大驚小怪的。明白了，人就變得成熟。

不過，到外面走了一圈之後，詩人在結束此詩的時候卻不說「有時」，而是語氣堅定地說自己「總是」「一塊不稱職的石」，抵受不了「生活連綿的敲鑿」和「太多阻擋」、「太多粉碎」。於是，「有時我走到碼頭看海／學習堅硬如一個鐵錨」，對抗生活的風雨；「細看一個磨剪刀的老人」，學習磨礪自己生鏽的雙腳；「有時我走到山邊看石／學習像石一般堅硬」。然而，我們畢竟不是石頭，總有「想軟化」、「奢想飛翔」的時候。因為「有時」、因為「奢想」，生活便有了色彩、便有了這首詩。

8

書香

—— 我們走一段泥濘的路

雨天

　　我們的確不是石頭，除了拼搏，總有「軟化」、想「飛翔」的時候。「生活連綿的敲鑿」，在「文化沙漠」裏敲出了「詩」。該如何抵擋商業社會天天上演的風雨？梁秉鈞的〈新蒲崗的雨天〉可能是「香港文學」的具體寫照，是一首本地詩人的哀歌：

新蒲崗的雨天　　｜　梁秉鈞

我又乘車回新蒲崗
雨卻落下來了
遊樂場的摩天輪沒有轉動
只是釘在半空
公共汽車停下站
樹叢後的紅與黃是花朵嗎
是一輛貨車的顏色罷了
雨落下來
大渠裏土黃的水流混和染紫的污水

有人站在舊輪胎壓扁的屋背

和生銹的車殼間

我們走一段泥濘的路

在新蒲崗，雨下過沒停

工廠大廈的灰牆旁

冒出一縷白煙

雨不斷踐踏它

我們在大廈夾縫的大牌檔避雨

吃一碗牛腩粉

看雨從布蓬的邊緣滴下來

濕漉漉的新蒲崗的雨天

放工的時候工廠湧出人潮

擠在太狹窄的簷下避雨

總有點滴的寒冷

滴入人的衣領去

雨透過報攤蓋着的透明膠布

敲打書籍

穿花衣的少女

避雨時讀一本四毫子小說

藍綠和黃色油漬的花紋

流下路邊的溝渠

這不是我們可以攔阻的

我們在別人放工的時候回去
狹小的報社
背後的櫃上壓滿蒙塵的舊報
人們都離開了
我們還留下來拆信
希望拆出一首詩
一朵花
一聲招呼
有時老關上來
校對他的散文
有時老何坐在對面的椅上
談他始終沒有動筆的小說
一個女孩子說古板的教師
和獨木舟的夢想
我們喝一杯福記的咖啡
總是這麼多凌亂的紙張
人們都離去了
是關門的時候
離去時熄去一盞燈
多一份雨的寒冷

有時大家都窮

找誰的祖母借錢吃一頓晚飯

傾談至夜深

總還有計劃

還有下一次怎樣

那時我們相信

有些東西不會煙圈一般輕易消失

喝了幾杯酒

互相鼓勵寫偉大的小說

分手的時候

我們走向街頭

在人群中分散

老黃走向奶路臣街

我們曉得

他甚至會向一切在街頭圍觀電視的

蒼蠅、瘧蚊、大象和小型房車

推銷他的舊書

而老李帶一瓶啤酒乘小巴回到青山

他會在半途把眼鏡掉到車外

然後回家告訴他女人

吃苦瓜可以使人心胸廣闊⋯⋯

雨下着，在新蒲崗

壁上白色的字體剝落

最後只剩下一面赤裸的灰牆

我們避雨時

用手指醮水寫在牆上的線條

不一會便被雨水沖去

一輛公共汽車駛來

幾十人爭着湧上去

而我們走一段泥濘的路

最後一次回到新蒲崗

時候已經晚了

人們現在怎樣

聽說老麥現在以說色情笑話為樂

聽說老白現在酸溜溜的

而老阮那麼時髦

甚至嘲笑一切印出來的東西

這是個濕漉漉的雨天

機器仍在轉動

它們快要只印數字和資料了

在舊報壓得半頹的架子下

我們最後一次

在紙堆間拆一些信

希望拆出一首詩

一朵花

一聲招呼

在這個濕漉漉的雨天

在這很晚很晚

人們都離去了的時候

〈新蒲崗的雨天〉是一首敍事抒情詩，此詩記敍在新蒲光報社工作的「我們」最後一次回到《中國學生周報》的辦公室的感受。《中國學生周報》於一九五二年創刊，經歷二十二年後於一九七四年停刊。我們回顧上世紀七十年代，香港正值經濟起飛的年代。《中國學生周報》就是在這個時代背景下艱苦經營，最終遭逢停刊厄運。〈新蒲崗的雨天〉寫於周報停刊前夕，詩人憶述此詩創作背景時就直言：「寫新蒲崗則是因為《中國學生周報》停刊。……〈新蒲崗的雨天〉，當然也可以說是以哀悼周報結束為題」(見鄧小樺：〈歷史的個人，迂迴還是回來——與梁秉鈞的一次散漫訪談〉，二零零七年五月十五日(星期二)，原刊《今天》〔香港回歸十周年專號〕，二零零七年。下簡稱「鄧小樺訪談」)。

〈新蒲崗的雨天〉第三、四節詳細交代了「我們」的工作、

生活，在日益商業化的社會裏追尋文學夢的情況：

> 我們在別人放工的時候回去
>
> 狹小的報社
>
> 背後的櫃上壓滿蒙塵的舊報
>
> 人們都離開了
>
> 我們還留下來拆信
>
> 希望拆出一首詩
>
> 一朵花
>
> 一聲招呼
>
> 有時老關上來
>
> 校對他的散文
>
> 有時老何坐在對面的椅上
>
> 談他始終沒有動筆的小說
>
> 一個女孩子說古板的教師
>
> 和獨木舟的夢想

「我們七十年代……在報館當翻譯，下午五點上班凌晨五點下班，我們就是大公司裏的小人物。大老闆覺得控制了小員工，但每個小員工心裏都有各自的想法，是一種內在空間的自由。」(見「鄧小樺訪談」)。小人物追尋大理想，生活是艱辛的：

有時大家都窮

找誰的祖母借錢吃一頓晚飯

傾談至夜深

總還有計劃

還有下一次怎樣

那時我們相信

有些東西不會煙圈一般輕易消失

喝了幾杯酒

互相鼓勵寫偉大的小說

分手的時候

我們走向街頭

在人叢中分散

老黃走向奶路臣街

我們曉得

他甚至會向一切在街頭圍觀電視的

蒼蠅、瘧蚊、大象和小型房車

推銷他的舊書

而老李帶一瓶啤酒乘小巴回到青山

他會在半途把眼鏡掉到車外

然後回家告訴他女人

吃苦瓜可以使人心胸廣闊……

「我們」需要「互相鼓勵」，卻無可避免「走向街頭」，「在人叢中分散」，各自要面對無情的現實生活。而「現實」是文學周報在經濟掛帥的社會逐漸被離棄，「我們」的生活也註定要窮困。於是有人向現實低頭：

> 聽說老麥現在以說色情笑話為樂
> 聽說老白現在酸溜溜的
> 而老阮那麼時髦
> 甚至嘲笑一切印出來的東西
> 這是個濕漉漉的雨天
> 機器仍在轉動
> 它們快要只印數字和資料了

在印刷廠都忙於印製冷冰冰的「數字和資料」的時候，誰在意「有情飲水飽」的文學？於是：

> 而我們走一段泥濘的路
> 最後一次回到新蒲崗
> ……
> 我們最後一次
> 在紙堆間拆一些信

希望拆出一首詩

一朵花

一聲招呼

在這個濕漉漉的雨天

在這很晚很晚

人們都離去了的時候

　　梁秉鈞十分擅於借助新蒲崗的「雨天意象」表達對文學周報停刊的哀傷。我們整理一下就一目了然：

「雨天意象」詩句	喻意
濕漉漉的新蒲崗的雨天	濕漉漉的淚水。
我們走一段泥濘的路	文學走一條艱辛的路。
雨不斷踐踏它／我們在大廈夾縫的大牌檔避雨	文學在經濟競爭（工廠大廈夾縫）中掙扎求存； 文學在貧困（大牌檔、雨）中求存。
雨透過報攤蓋着的透明膠布／敲打書籍	無情的風雨敲打文學。
避雨時讀一本四毫子小説	風雨中堅持讀書（文學）。
藍綠和黃色油漬的花紋／流下路邊的溝渠／這不是我們可以攔阻的	工業化污染社會，我們無能為力。

離去時熄去一盞燈／多一份雨的寒冷	一本文學雜誌消逝，我們多一份寒冷。
雨下着，在新蒲崗／壁上白色的字體剝落／最後只剩下一面赤裸的灰牆	工業化潮流（雨水），沖走文字，文化空白。
我們避雨時／用手指醮水寫在牆上的線條／不一會便被雨水沖去	我們的文學，不一會就被潮流（雨水）沖去。
而我們走一段泥濘的路／最後一次回到新蒲崗	我們（文學）走一條艱辛的路，走最後一段路（停刊）。
這是個濕漉漉的雨天／機器仍在轉動／它們快要只印數字和資料了	濕漉漉的淚水在哀悼文學，工業化在追逐業績。

詩人還借用一語雙關的比喻詩句表達情思，我們看看這些「雨天景色」背後的喻意：

詩句	喻意
摩天輪沒有轉動，釘在半空	文學從此失去了「遊樂場」
樹叢後的紅與黃是花朵嗎 是一輛貨車的顏色罷了	工業化讓花朵不再、文學不再。
大渠裏土黃的水流混和染紫的污水	工廠污染，讓人流淚（如雨下）。
有人站在舊輪胎壓扁的屋背／和生銹的車殼間／我們走一段泥濘的路	文學在工業化的廢墟中求存。

陽光

新蒲崗濕冷無情的「雨天」，凸顯了文學工作者的艱辛與無奈，也同時反映「我們」的堅強。羅貴祥的〈在報館內寫詩〉也異曲同工，我們來讀讀他的〈在報館內寫詩〉：

在報館內寫詩　｜　羅貴祥

在報館內寫詩，或許這不是一個適當的時間，十條電話線全被佔用，計算機在不斷運行，算出今日的數字，以及明天一篇二千字的稿件大約需要多少版位，大聲的談論世界局勢，亂用比喻去揶揄新聞人物，在筆記、稿紙與文件籮之間堅持放一株浮現葉紋的盆栽，而詩，寫還是不寫？餅乾給咬得劈啪作響，揚起釘在一塊的三份晚報，拍落滿枱裝修工人遺落的灰塵。在報館裏寫詩，很容易便想着社會事件與藝術作品的關連，一件件密麻麻發生在冷媒介裏的人和事，究竟可以投入多少情感？有沒有溫暖能夠感受？偶然在空出的一條線上撥一個電話，在寒暄和公式的對話之間夾纏不清的與友人聊上一刻鐘，依然在

報館內寫詩，伏在自己的寫字桌上搜尋已經氾濫的文字，決定還是不要寫分行的句子，是擔心別人眼光的誤會，或是不想以零星的單行去霸佔寶貴的篇幅？刪去、增補、撕開或者貼上，對文字隨意的揮灑會不會像字房的員工們，整夜都沾上滿手不可近人的墨黑？

羅貴祥的〈在報館內寫詩〉行文流暢，簡單易明。我們好容易就把握詩人要表達的第一層意義：工作忙碌，無暇寫詩嘲風弄月。「十條電話線全被佔用，計算機在不斷運行，算出今日的數字，以及明天一篇二千字的稿件大約需要多少版位」。這是一個政經繁忙的現代國際大都市，大家都「談論世界局勢」、「揶揄新聞人物」，論股市起跌。「餅乾給咬得嗶啪作響，揚起釘在一塊的三份晚報，拍落滿枱裝修工人遺落的灰塵」。誰有空寫「閒詩」？「在筆記、稿紙與文件籮之間堅持放一株浮現葉紋的盆栽」，詩人一語雙關道出「在報館裏寫詩」的困難與無奈。

羅貴祥的〈在報館內寫詩〉反映新時代詩人的迷失與無奈。詩人直言「在報館裏寫詩，很容易便想着社會事件與藝術作品的關連」。不再是詩的年代，現代人過着忙碌、刻板、公式化的生活。我們連電話寒暄都是「公式的對話」，公式化

情感、空虛的心靈，如何寫詩？讀詩？「現代詩」作為「冷媒體」還有現實意義嗎？新時代的詩能引起幾多讀者共鳴？「究竟可以投入多少情感？有沒有溫暖能夠感受？」然而，我們的詩人卻「依然在報館內寫詩」。

在結束〈在報館內寫詩〉之前，詩人進一步展現現代詩的困境。在爭奪地盤、爭發聲權的商業時代，「已經氾濫的文字」充斥整個社會。分行書寫的現代詩顯得不合時宜，「零星的單行去霸佔寶貴的篇幅」不化算、不合經濟原則。「刪去、增補、撕開或者貼上，對文字隨意的揮灑」是一種「浪費」、一種「偷懶」的文字。寫「分行詩」是在「騙篇幅」、「騙稿費」、扮清高……在報館裏寫詩，變成「不可近人的墨黑」。〈在報館內寫詩〉故意「去詩化」，以「散文詩」形式示人，正正要減輕寫詩浪費篇幅的「罪疚感」。此詩在建築形式上進一步加強了反諷、自嘲的效果。

現代詩人活在不是詩的年代，註定要孤獨。我們讀讀這一首小詩：

詩 ｜ 馬若

1

這是星期一的早上
上班的時間
我經過紅磡碼頭
忽然停了下來
站在海邊看陽光
陽光溫暖
趕路的行人沒有感覺
我就想：
不如靠欄杆寫一首詩

我靠着欄杆沉默
耳邊響起渡輪的嗚咽

馬若的〈詩1〉行文簡單，卻包含不簡單的內涵。此詩記
敍星期一早上「上班時間」所見所想。「星期一的早上」是休
假後的第一個上班日子，大家又重新投入忙碌的工作。默默
工作的人群，誰在意「陽光溫暖」？多愁善感的詩人此刻卻「忽
然停了下來／站在海邊看陽光」。星期一早上溫暖的陽光，在

詩人眼中簡直就是一首詩。於是，詩人說：「我就想：／不如靠欄杆寫一首詩」。

詩的第二節就是詩人靠欄杆寫的「詩」：

我靠着欄杆沉默
耳邊響起渡輪的嗚咽

然而，第二節的「詩」絕不是一首歌頌陽光的詩篇。「沉默」是慨嘆「陽光溫暖／趕路的行人沒有感覺」，詩人慨嘆沒有同道人。「詩」也唯有以「沉默」呈現。而此時「耳邊響起渡輪的嗚咽」。擬人法下的渡輪以「嗚咽」唸出這首讓人沉默的「詩」，直接加強了詩的感染力。

守株

　　總有不怕孤獨的詩人、作家、文化人、讀書人，在石屎森林的夾縫中、在玻璃幕牆的霓虹照不到的暗巷裏，「穿過一個個老舊而狹窄的樓梯口，推門走進這小小的二樓書店，都市的喧囂便統統被關在門外，不管下邊是繁忙鬧市，滾着牛雜的香味，或者賣着法國名牌時裝，這二樓書店總是靜靜地處變不驚，總要在全城最繁華的地方，在全城商業氣息最濃的地段，頑強地維繫着一縷書香」（GigCasa 激趣網），這就是書香處處的香港「二樓書店」，是詩人的夢想樂園：

東岸書店　　　｜　　陳滅

與你閱讀一條街裏的書店
像逛公園
又轉摩天輪
最後來到東岸書店

碰見朋友打招呼
他是一本書
我只是一個詞語
在剛才翻過的書頁裏等你

翻過這本又那本
很快翻出了一堆沙
只差浪花和貝殼
堆起了城堡再離去

有時有朗誦和討論的聲音
有時那麼寂靜
只有看店的焯賢和我
坐在岸邊等第一顆星

有人來找一本詩
藏在甚麼隱秘的地方
也不在書架背後
也不在岸邊

只見地上的沙
無數人不覺間踏過

與你走過整條街裏的沙灘

最後來到東岸書店

　　陳滅的〈東岸書店〉顧名思義記敘詩人與友人在鬧市逛書
店和經營「東岸書店」的喜悅。詩人將逛書店比喻成去公園遊
樂：「與你閱讀一條街裏的書店／像逛公園／又轉摩天輪」，又
像去沙灘玩泥沙堆堡壘：「翻過這本又那本／很快翻出了一堆
沙／只差浪花和貝殼／堆起了城堡再離去」。書店固然也是尋
找知識的樂園：「碰見朋友打招呼／他是一本書／我只是一個
詞語／在剛才翻過的書頁裏等你」，「有人來找一本詩／藏在甚
麼隱秘的地方／也不在書架背後／也不在岸邊」。「二樓書店」
何止賣書，往往是文人墨客聚會、座談的好地方，「有時有朗
誦和討論的聲音／有時那麼寂靜／只有看店的焯賢和我／坐在
岸邊等第一顆星」。對，賣書的都在「等」──等顧客、等知
音。詩末「與你走過整條街裏的沙灘／最後來到東岸書店」，
不無暗喻「文化沙漠」的香港。「坐在岸邊等第一顆星」一語雙
關，呈現在沙灘、沙漠中的「東岸」（書店名稱）等同道知音、
等文學之星在這個城市發熱發光……

　　寫旺角「東岸書店」的還有廖偉棠：

多少年後，當我們説起一家書店

——給陳敬泉　　　｜　　廖偉棠

轉變了，這空氣，這塵埃。
忘記是誰在哪一夜借着一首詩
或一杯酒提起：月光明照的一個秋夕
一朵雲閃爍生成，或者輕風，或者細雨。

也還有莫名其妙的停電、路人的詢問、
在我們夢話之間冷氣機的滴水。
這是一個怎樣的故事：
四個人的連夜密謀，雲跟隨在他們頭上，
雲的光，蔭蔽他們閃爍的眼。

旺角街頭，四個遊魂因忘記了自己
而上升——彷彿有人用手指
勾勒的一個幻影。閃爍，至一個明亮的冬天。

多少年後我們才看到，
它薄弱的光，燃燒的是冰，搖曳
到無何有之地，我們的腳踏不到的天邊。

多少年後，當我們這樣說起
一間純粹從雲中飄落、隱沒的書店，
說起空氣中一個簡單的結構、一個肥皂泡，
我們會不會就瞇着眼，像感受
冬天的陽光，在我們的笑顏上破裂？

當我們這樣說起，我們頭上
花粉中最後一個烏托邦，被塵埃淪陷；
說是波希米亞某個失火山林，
說是老舊的塞納河岸——總之
是一個吹笛少年失蹤的地方。

白紙空箱間，新書籍和舊理想間，
我們，舉一杯紅酒，像某一個除夕夜
和朋友們在這裏讀着一些關於兔子的詩，
然後一口喝盡，我們火冰交錯的所有。

多少年後，我們記得
我們曾坐在巴比倫的岸邊，桃花林中
醉醺醺的，守株待兔。

廖偉棠的〈多少年後，當我們說起一家書店 —— 給陳敬

泉〉是寫給經營「東岸書店」股東之一的陳敬泉，抒發對友人辦「東岸書店」的喜悅。此詩寫於二零零一年七月，「東岸書店」則於二零零二年尾結業。詩人似乎早就預見艱苦經營的書店很快要面臨結業命運，要提早抒發「多少年後」的情懷。

顧名思義，「當我們說起一家書店」，詩人給我們交代了「四個人的連夜密謀」辦書店的情況：「忘記是誰在哪一夜借着一首詩／或一杯酒提起：月光明照的一個秋夕／一朵雲閃爍生成，或者輕風，或者細雨」。有人說在商業社會開書店是「發神經」，詩人們在詩和酒精的迷惑下，在月黑風高最容易「做錯事」之夜──「東岸書店」就這樣誕生了──「四個遊魂」「勾勒的一個幻影」。

廖偉棠對於在「文化沙漠」從事文學活動、經營書店要面對的困境是理解的，也是悲觀的。詩人要和大家抒發「多少年後」的情懷：

> 多少年後我們才看到，
> 它薄弱的光，燃燒的是冰，搖曳
> 到無何有之地，我們的腳踏不到的天邊。
>
> 多少年後，當我們這樣說起

一間純粹從雲中飄落、隱沒的書店，
說起空氣中一個簡單的結構、一個肥皂泡，
我們會不會就瞇着眼，像感受
冬天的陽光，在我們的笑顏上破裂？

鬧市中的書店是城市裏「薄弱的光」，書店要營運，「燃燒的
是冰」—— 一個對文學、對詩只有「冷」和「冰」的商業城市。
城市的讀書人便隨這「搖曳」的「薄弱的光」「到無何有之地，
我們的腳踏不到的天邊」，那是何等的虛無。「書店」原是「空
氣中一個簡單的結構、一個肥皂泡」，「一間純粹從雲中飄
落、隱沒的書店」。詩人不禁要問「我們會不會就瞇着眼，像
感受／冬天的陽光，在我們的笑顏上破裂？」，無悔「發神經」
做過的「文學夢」？這是「浪漫的代價」：

當我們這樣說起，我們頭上
花粉中最後一個烏托邦，被塵埃淪陷；
說是波希米亞某個失火山林，
說是老舊的塞納河岸——總之
是一個吹笛少年失蹤的地方。

白紙空箱間，新書籍和舊理想間，

我們，舉一杯紅酒，像某一個除夕夜
和朋友們在這裏讀着一些關於兔子的詩，
然後一口喝盡，我們火冰交錯的所有。

多少年後，我們記得
我們曾坐在巴比倫的岸邊，桃花林中
醉醺醺的，守株待兔。

　追逐浪漫的詩人自我陶醉於「曾經擁有」的文學夢。縱使詩人
理想的「烏托邦」終「被塵埃淪陷」；藝術家們的「波希米亞」
變成「某個失火山林」；「塞納河岸」騷人墨客尋書淘寶的好地
方，也隨「吹笛少年」一起失蹤。「我們」依然在「巴比倫的岸
邊」——在「東岸」舉杯讀詩，一飲而盡那由「火冰交錯」燒
成的浪漫。

　　廖偉棠追憶這段「東岸夢」時就說過：「一九九九年我
隨幾個詩友在旺角開了一間純文藝書店：東岸。純文藝，
當然是這個城市容不下的，所以很快虧損、結業了。但是東
岸存在的那兩年，可以說在旺角污濁的水流中開了一個小天
窗，讓游上來的魚們得以喘息片刻。我們搞過許多展覽、
讀書會、詩集的出版等，最有意義的是辦過很多次詩歌朗誦
會——想想，就在旺角鬧市上讀詩，這是多麼唐吉柯德的

行為。」(廖偉棠:〈謝謝你,霧 —— 我的十年,十首詩的片斷〉,《今天》,文學雜誌網路版)。

廖偉棠擅於運用意象表達詩思,以下是〈多少年後,當我們說起一家書店 —— 給陳敬泉〉意象群包含的意義:

意象	喻意及相關詩句
火、光	喻愛尋夢想的詩人、文學書店。
	「他們閃爍的眼」
	「閃爍,至一個明亮的冬天」
	「它薄弱的光」
	「冬天的陽光,在我們的笑顏上破裂?」
	「我們火冰交錯的所有」(火與冰:希望和失望)
冰	書店「燃燒的是冰」,暗喻書店要靠冰冷的商業社會支持。
	「它薄弱的光,燃燒的是冰,搖曳」「我們火冰交錯的所有」。(火與冰:希望和失望)

遊魂	諷刺，更多是自嘲。現代詩人在功利社會沒有生存空間，像「遊魂」般尋夢。
	「四個人的連夜密謀」
	「旺角街頭，四個遊魂因忘記了自己」
雲、塵埃	喻阻擋詩人尋夢的障礙物、污染物。
	「轉變了，這空氣，這塵埃」
	「雲的光，蔭蔽他們閃爍的眼」
	「一間純粹從雲中飄落、隱沒的書店」
	「花粉中最後一個烏托邦，被塵埃淪陷」
兔子	詩人化用「守株待兔」成語。是對書店「守株待兔」等顧客上樓上門買書的自嘲語。
	「讀着一些關於兔子的詩」
	「醉醺醺的，守株待兔」

書香

在旺角鬧市經營文學書店是守株待兔，找「黃金屋」不易，尋「顏如玉」卻不必上二樓書店：

女郎 | 葉英傑

當我離開位於二樓的書店
沿着梯級往下走，回到大街
我被街上的景象嚇着了
行人道上人們擠在一起，圍在
劃成行人專用區的馬路旁
他們都在看甚麼呢
我從人群間的空隙望進去
看見幾個穿得很少的女郎
她們拿着照相機搔首弄姿；
她們走着貓步，不時互相拍照
或許是宣傳照相機？我看見不遠處

一塊巨型廣告牌豎起了

她們有時走近人群，邀請人群中的人

和她們一起拍照，有些人拒絕了

也有一些人走出馬路

和那些女郎親密地拍照

女郎擺着各種姿勢，笑着

笑得很美麗

我感到，我應該離開

我艱難地穿過觀看表演的群眾

走進另一家二樓書店

書店比外面靜多了

我一面翻看

讓書的香味散出

一面

計算着時間

外面應該已經回復平時的樣子吧

當我再次下樓，我在想

一切會回復原狀

人群一如以往的走着。

我錯了；

我回到大街的時候

大街上依然擠滿黑壓壓的人群

幾個穿得很少的女郎

依舊拿着照相機搔首弄姿

她們走着貓步，不時互相拍照

又邀請馬路旁的我加入

她們彷似不願遠離我

她們一直扯着我

要我走出馬路

我努力退後，努力

遠離馬路

我決定走上另一家二樓書店；

我抓起一本書

她們在外面搔首弄姿

我翻書

我把書放下

她們扯着他

扯着他

我抓起另一本書

我又把書放下

他加入她們

我抓起

我放下

她們擺着各種姿勢，依偎着他，笑着

笑得很美麗。
我抓起
我放下；

我步出書店
沿着樓梯
一級一級的
往下走

　　葉英傑的〈女郎〉內容簡單易明，主要記敍「我」在二樓
書店流連、看書，被街上那些「笑得很美麗」的女郎干擾的情
況。此詩記敍「我」往返樓上的書店，又走到街上看女郎的情
況，讓人讀來會心微笑。刻意安排的戲劇效果極盡諷刺之能
事，也發人深省。

　　〈女郎〉分兩節寫成，詩人在第一節以大篇幅詳細記敍、
呈現「我」離開二樓書店，走到街上看女郎的心思和行動：

　　當我離開位於二樓的書店
　　沿着梯級往下走，回到大街
　　……
　　看見幾個穿得很少的女郎

她們拿着照相機搔首弄姿；

……

她們有時走近人群，邀請人群中的人

和她們一起拍照，有些人拒絕了

也有一些人走出馬路

和那些女郎親密地拍照

女郎擺着各種姿勢，笑着

笑得很美麗

此時，「我感到，我應該離開」，且「艱難地」穿過人群，「走
進另一家二樓書店」，希望平靜下來。「我一面翻看／讓書的
香味散出／一面／計算着時間」，然後，「我」再次下樓走到街
上。卻見情況依舊，且比上次更差：

她們彷似不願遠離我

她們一直扯着我

要我走出馬路

我努力退後，努力

遠離馬路

然後「我努力退後，努力」，又走上「另一家二樓書店」。可惜

（可憐？）今回「我」無法平靜：

> 我抓起一本書
>
> 她們在外面搔首弄姿
>
> 我翻書
>
> 我把書放下
>
> 她們扯着他
>
> 扯着他
>
> 我抓起另一本書
>
> 我又把書放下
>
> 他加入她們
>
> 我抓起
>
> 我放下
>
> 她們擺着各種姿勢，依偎着他，笑着
>
> 笑得很美麗。
>
> 我抓起
>
> 我放下；

愈來愈短的詩句、愈來愈急速的行文節奏，十分生動地呈現「我」緊張、不安的情緒。將如何對抗「她們擺着各種姿勢，依偎着他，笑着」的悠長煎熬？在「女郎」與「書」之間，「我」

終於按捺不住——「我放下」。全詩的高潮就落在第二節：

> 我步出書店
> 沿着樓梯
> 一級一級的
> 往下走

全詩至「往下走」戛然而止，留下讓人回味這三個字。

〈女郎〉簡單而深刻。詩人十分擅於把握「我」的心理活動，一詳一略；一張一馳的行文結構，營造出有趣的戲劇效果。「書香」與「顏如玉」不可兼得；「書」敵不過「廣告女郎」，是甚麼讓我們「往下走」？城市到處是「黃金屋」，「書」與它的主人一起淪亡：

悼　｜　陳永康

暈暈暈暈暈暈暈暈暈暈暈暈
暈暈暈暈暈暈暈暈暈暈暈暈
暈暈暈暈暈暈暈暈暈暈暈暈
暈暈暈暈暈暈暈暈暈暈暈暈
暈暈暈暈暈暈暈暈暈暈暈暈
暈暈暈暈暈暈暈暈暈暈暈暈
暈暈暈暈暈暈暈暈暈暈暈暈
暈暈暈暈暈暈暈暈暈暈暈暈
暈暈暈暈暈暈暈暈暈暈暈暈
暈暈暈暈暈暈暈暈暈暈暈暈
暈暈暈暈暈暈暈暈暈暈暈暈
暈暈暈暈暈暈暈暈暈暈暈暈
暈暈暈暈暈暈　香　暈暈暈暈暈暈

後記：聞青文書屋店東遭不幸，二零零八年二月二十二日作。

〈悼〉寫於二零零八年二月，正值農曆新年剛過不久，在報章得悉青文書屋店東羅志華先生不幸離世的消息。青文書

屋從此結業，羅先生離奇逝世的消息，讓香港文化界感慨萬
千⋯⋯

青文書屋於上世紀七十年代初開始經營，除了經銷各地
文學書籍，還致力出版本土文學作品，深受本地「文青」歡
迎，是香港詩人、作家的搖籃。書店於二零零六年因為租約
問題暫停營業，店主羅志華先生將數千書籍暫時搬到大角咀
合桃街二號福星工廠大廈十樓一個約一百平方呎的貨倉，一
方面繼續出版業務，一方面另覓店址打算繼續經營。

據報，二零零八年二月四日，羅志華先生在書倉整理
書籍時，疑被二十多箱塌下的書籍活埋，時值農曆歲晚年廿
八，無人得悉事故，羅先生因失救致死。十四日後才被大廈
保安員揭發。

〈悼〉是一首「圖像詩」，全詩十四行，每行十四字，都由
倒置的「書」字排列成文。十四行（層）倒立（倒塌）的「書」，
拼成一方石碑的樣子。「石碑」下中央位置有一個紅色的「香」
字。「香」字在詩中包含多重意義：首先是「燒香」，紅色是
香火（光）；「香」也寓意「書香流芳」；香港人諱「死」曰「香」
⋯⋯

〈悼〉要表達的情感一目了然。捷克著名作家赫拉巴爾寫
過一本叫《過於喧囂的孤獨》的小說，當中虛構了一位視書如

命的工人，最後抱着心愛的書讓壓紙機壓死自己。不料，虛構的故事竟在香港變成事實。讀書人死在書堆裏的「黑色幽默」教人心情複雜：

給志華（及另一個志華）　　｜　何自得

一、書本

書本可以被藏匿
在後梯或狹小的貨倉等待塌下
書本可以六折五折四折
讓老顧客以雙手捧走
書本可以免費
陌生人拉着行李箱來取
書本可以被捨棄
付費讓大型貨車載往堆填區
在堆填區對岸那屋苑碰見的是你嗎？
也曾年輕的鄰居們每天若無其事遙望
那些和廚餘和舊傢具一起埋葬的書本或結他或舞台佈
　景板
我們也都習慣掩着鼻上班下班
每月的按揭利息管理費總得繼續繳付。

二、軀體

軀體可以躺在書店地板上或是站起來攜着旅行袋離去
軀體可以湧着汗托一箱又一箱的書走上一層又一層樓
　　梯
軀體可以按捺顫抖遮擋執達吏的視線遮擋後梯那一箱
　　箱書本
軀體也可以腐朽降解成汁液滲到書本填滿每頁之間的
　　罅隙
但如果説「可以」是不是會有「可以不」
如果説「可以不」，那時頭髮烏亮、穿大格子襯衣的你
　　是不是
會沿着那樓梯、沿着電車軌找到另一些故事？
抑或仍舊會留下，在書架與書架之間用瓦煲煎藥
如果大家説愛書愛書但卻嚷着二折一折免費
那書店裏瀰漫那片藥湯味的霧
是否已預言了書本和冥鏹一起燃起的煙？

　　何自得的〈給志華（及另一個志華）〉相信是寫給同樣
經營文學書店，都遭逢結業的「青文書屋」的羅志華先生和
「東岸書店」的梁志華先生。此詩由兩首小詩組成，一曰「書
本」，二曰「軀體」。讓我們先來讀讀第一首「書本」：

「書本」有兩層意思，詩人首先以層層遞進的方式列舉書籍「可以」被安排的四個不同命運：

1. 書本可以被藏匿／在後梯或狹小的貨倉等待塌下
2. 書本可以六折五折四折／讓老顧客以雙手捧走
3. 書本可以免費／陌生人拉着行李箱來取
4. 書本可以被捨棄／付費讓大型貨車載往堆填區

詩人要表達的意思十分清楚：「書本」有價，可以屯積待價而沽；「書本」可以減價，讓愛書人「雙手捧走」；「書本」無人問津，可以免費送人；「書本」是垃圾，可以運往堆填區。然而，在香港，「書本」會遇上怎樣的命運？我們讀第二部分：

> 在堆填區對岸那屋苑碰見的是你嗎？
> 也曾年輕的鄰居們每天若無其事遙望
> 那些和廚餘和舊傢具一起埋葬的書本或結他或舞台佈
> 　景板

可憐的香港人與垃圾為鄰，且「每天若無其事遙望」垃圾——不，那其實是「書本」，還有「結他或舞台佈景板」。這是一個怎樣的城市？文學、音樂、戲劇等等，都「和廚餘和舊傢具一

起埋葬」、一起發臭,「我們」早已習慣「掩着鼻上班下班」。可憐那些「發神經」,愛做「烏托邦」夢的書店「遊魂」們。

「掩着鼻上班下班」一語雙關,巧妙地呈現都市人被生活迫得透不過氣,為「每月的按揭利息」和「管理費」迫得失去了對「書本」、「結他」和「舞台」的嗅覺。

詩的第二部分詩人以「軀體」喻個人意志,也同時在深切悼念不幸逝世的青文書屋店主羅志華先生:

1. 軀體可以躺在書店地板上或是站起來攜着旅行袋離去
2. 軀體可以湧着汗托一箱又一箱的書走上一層又一層樓梯
3. 軀體可以按捺顫抖遮擋執達吏的視線遮擋後梯那一箱箱書本
4. 軀體也可以腐朽降解成汁液滲到書本填滿每頁之間的罅隙

從「湧着汗托一箱又一箱的書走上一層又一層樓梯」,到「顫抖遮擋」前來清盤的「執達吏的視線」,「遮擋後梯那一箱箱書本」,經營書店的辛酸兩位志華體會最深。賣書人最終「躺在書店地上」,「腐朽降解成汁液滲到書本填滿每頁之間的罅隙」讓人讀來可怖、心酸。如果「軀體」不去經營書店、不去賣書,或許可以跟其他人一樣「站起來攜着旅行袋」享受人生?

此詩下半部分的「悼文」加深了我們對羅志華先生的認識:「頭髮烏亮、穿大格子襯衣」,「在書架與書架之間用瓦煲煎藥」,「書店裏瀰漫那片藥湯味的霧」。一個可憐的賣書人,終日在跟「說愛書愛書但卻嚷着二折一折免費」的顧客周旋,堅持艱苦經營,死守住一個夢。我們都可以選擇自己的生活,追自己的夢。羅志華先生顯然選擇了「二樓書店」,矢志不移,不會「沿着那樓梯、沿着電車軌」追逐「另一些故事」。

　　我們都「可以」選擇自己的夢想、「可以」為夢想而戰、「可以」面對風浪、「可以」從傷痛中恢復過來:

昨夜,走過曾經是青文書屋的地方　　　｜　鍾國強

電車站好像移前了
電車也不是原來的樣子
鞋店沒有一隻鞋
跨出行人道的石壆
快餐店一直沒有翻新過
熱狗失去蕃茄和醬汁
光營養不良的腸仔夾在
以漢堡包權充的兩片
冷靜的圓包中

鐵閘是拒絕你上樓的臉
管理員半枚頭顱
釘在日光燈的牆上
窗格不框文字
再沒有書本跌下來
打中一個詩人
夜像油污滲落柏油路下
橫街颰出一聲厲叫
神經線沒有跳動
電線杆是一管針
甚麼？
沒有甚麼——
詩人們都好好
康復了

　　鍾國強的〈昨夜，走過曾經是青文書屋的地方〉顧名思義
抒發路過結業多年的「青文書屋」的感慨。詩人信手拈來將沒
入夜色的書屋遺址所見所感拼湊出一幅平靜的圖畫：「鞋店沒
有一隻鞋／跨出行人道的石壆」、「管理員半枚頭顱／釘在日光
燈的牆上」、「夜像油污滲落柏油路下／橫街颰出一聲厲叫／神
經線沒有跳動」。舊書店如夜，「夜像油污滲落柏油路下」；昔

日的書屋也滲落柏油路下……

　　曾經熟悉的書店不再，「鐵閘是拒絕你上樓的臉」，抬頭看從前堆滿書籍的窗戶，如今「窗格不框文字／再沒有書本跌下來／打中一個詩人」。沒有書本，就沒有悲傷？「電車站好像移前了／電車也不是原來的樣子」。「快餐店一直沒有翻新過」，但「熱狗失去蕃茄和醬汁／光營養不良的腸仔夾在／以漢堡包權充的兩片／冷靜的圓包中」。曾經的「熱」，如今失去了「營養」，且夾在「冷」的包中──城市的衣（鞋店）食（快餐店）住（鐵閘）行（電車）如常，「詩」在冰冷中存活。「電線杆是一管針」，「詩人們」打過針，便都悄悄「康復了」……

9

維港

——自己生長的地方

魚缸

　　遙遠的維多利亞港有一顆「東方之珠」；茫茫的「文化沙漠」有一片綠洲。不要怕大風浪，總會有放下喜怒哀樂的土壤，讓生活長出美麗的花果。然後，我們細意回顧這個養育自己的地方，是甚麼讓我們流淚？是甚麼讓我們安居？又是甚麼讓我們團結一起——在「維港」；一起維護我們的家、我們的「維多利亞港」；一起迎接挑戰，邁向未來……

　　有人說香港就像一個小小的金魚缸。小小的金魚缸幾許風浪，我們從這裏游出大海，走向世界：

維多利亞港　　｜　何福仁

我五歲的姪女把家裏的魚缸
定名為維多利亞港
那是英女皇蒞臨的一天
她第一次乘搭渡海小輪

從一個距離發覺

自己生長的地方

黃埔的樓宇愈伸愈長愈長愈高

卻原來一直飄浮在海上

那些密密麻麻的積木

許多人就在裏面讀書工作

海邊尖東走廊總有人在不停追趕

追趕甚麼呢也沒有人停下來想想

只有鷗鳥在波濤的鞦韆上玩耍

大小的船去船來；海風撥亂了她的頭髮

爸爸就把她抱擁，怕她着涼

她問我：你真的每天都坐這樣的船上班

而且都坐同一艘船

同樣地觀看嗎？

小小的魚缸，已夠她爸爸忙碌的了

買魚餌、換水、調節溫度

當魚魚（她逐一給牠們名字）生了病

就分隔開，用鹽水飼養

病好了回到牢靠的避風塘；也有的

爸爸就告訴她已經游到好遠好遠的海洋

許多年後，她一定會看到許多許多個

真正的海洋，那時的維多利亞港

原來只是小小的魚缸

小得連地圖也沒有記載

小得誰又曾理會我們的水溫

我們是否缺氧我們想過怎樣的一種

生活？但那有甚麼相干

只要一家人同心協力

當風翻動，波濤再洶湧

我們總會安然度過

而且總會有甚麼吸引她的目光

　　何福仁的〈維多利亞港〉像一首兒歌，詩人透過記敘小姪女家中的魚缸和小姪女第一次乘搭維多利亞港渡海小輪的經驗，寄寓維多利亞港兩岸的香港人要同心協力，面對風浪……

　　詩甫開首詩人便將小姪女的小魚缸和香港的維多利亞海港合而為一：「我五歲的姪女把家裏的魚缸／定名為維多利亞港」，接下來，全詩就以此為起點，既說魚缸且云「維港」，展開詩人一語雙關的抒情之旅，香港的維多利亞港是：

自己生長的地方
黃埔的樓宇愈伸愈長愈長愈高
卻原來一直飄浮在海上
那些密密麻麻的積木
許多人就在裏面讀書工作
海邊尖東走廊總有人在不停追趕
追趕甚麼呢也沒有人停下來想想

說樓宇「一直飄浮在海上」沒錯，維多利亞港岸邊的九龍半島
上「密密麻麻的積木」就是建在填海得來的土地上，我們就在
這座風浪上建造的城裏讀書、工作、「追趕」，「每天都坐這樣
的船上班/而且都坐同一艘船/同樣地觀看」兩岸的香港景色。
　　一語雙關的內容還見諸爸爸為小女孩打理魚缸的描述：

小小的魚缸，已夠她爸爸忙碌的了
買魚餌、換水、調節溫度
當魚魚（她逐一給牠們名字）生了病
就分隔開，用鹽水飼養
病好了回到牢靠的避風塘；也有的
爸爸就告訴她已經游到好遠好遠的海洋

小女孩的魚缸裏養育魚兒，離不開爸爸背後的辛勞。為了兒女、為了一個家，爸爸要天天買食物、「換水、調節溫度」安家，要照顧生病的家人。魚缸如「家」，是我們「牢靠的避風塘」。然而，總有告別「家」的時候，詩人又一語雙關交代了不幸離去的魚兒，「已經游到好遠好遠的海洋」也同時寄語兒女長大成人，總要離開溫暖的家，到社會經歷風浪，開拓自己的天地。

然後，詩人便領小姪女乘風破浪：

> 許多年後，她一定會看到許多許多個
> 真正的海洋，那時的維多利亞港
> 原來只是小小的魚缸
> 小得連地圖也沒有記載
> 小得誰又曾理會我們的水溫

才發覺自己住在一個「小小的魚缸」，一個看來沒有人理會、沒有人關心的地方。到了那個時候，面對「真正的海洋」，我們便要勇往直前：

> 我們是否缺氧我們想過怎樣的一種

生活？但那有甚麼相干
只要一家人同心協力
當風翻動，波濤再洶湧
我們總會安然度過
而且總會有甚麼吸引她的目光

這就是成長的喜悅，「一家人同心協力」走過風雨翻過浪，一
路看那些「吸引她的目光」的風景。

為了成長，我們甘願冒風浪游向「許多許多個／真正的海
洋」；為了療傷，也有人冒生命危險游來香港這個小小的魚缸
⋯⋯

霧海螺 ｜ 鍾偉民

擱淺的木船桅燈已滅
只懸起一盞朦朧的夕陽
照着盤旋的飢餓的雲
白了天堂多犬猭的黃昏

在遙遠的，遙遠的
故鄉那黃昏，哼歌的井旁

一定有位少女快樂地想望
她正替我晾起樸拙的農裝

當海浪比井水更寒，更寒
驚落我腿骨上鱟魚的流浪
我多渴望故鄉晾起的農裝
破衣孔已掉下補釘的太陽

而她仍井旁翹首，是否
不知一隻饕餮的狗兒
暖暖的，剛餒死在我懷中
取代了她的位置

是否不知我的頭已腐朽
卻還半陷沙裏，濃霧中
聽晚風無故吹響海螺
奏起無韻的輓歌

而當腹大的狗群遁後
雲更飢餓，我們都蓋着鷗羽
跟不絕漂至的浮魂，悄悄的
說故鄉的瘦田裏，有好看的蟲禍

附識：八一年某日。大浪西灣沙灘上，躺着多具未能
及時昇走的大陸偷渡者屍體。一隻小狗因暴食腐屍，
倒斃在一具男屍懷中。

〈霧海螺〉講述一個讓人心痛的故事。此詩記敘一個偷渡
來香港、客死異鄉海邊的偷渡者的可怖故事，詩人在詩末的
「附識」交代了寫詩的緣由。

早在上世紀五十年代起，中國內地居民偷渡來香港的情
況持續發生。香港政府於七十年代實施「抵壘政策」（即：偷
渡者抵達香港市區便可免被遣返），間接鼓勵更多內地人偷渡
來香港。為了遏止「偷渡潮」，香港政府又於八十年代初實施
「即捕即解」政策（即：偷渡者被捕獲後立刻遣送回原居地）。
然而，內地居民偷渡來香港的事仍時有發生。偷渡者多為內
地生活貧困的鄉下人，他們為了爭取更好的生活，不惜冒險
在海上飄浮，汩過凶險的海峽來到陌生的香港。

此詩第一節記敘了夕陽下抵達香港海岸的偷渡者「擱淺
的木船」，上面有「飢餓的雲」在盤旋，夕陽照白了天堂（香
港）的黃昏，替即將出場的餓犬拉開了序幕。與此同時，「一
定有位少女快樂地想望／她正替我晾起樸拙的農裝」，那是偷
渡者在鄉下的伴侶，在為自己祈願。但又有誰想到，她的他

正在遠方的風浪中抵抗寒冷：

> 我多渴望故鄉晾起的農裝
> 破衣孔已掉下補釘的太陽

可憐的偷渡者，冰冷的屍骨，竟變成了「饕餮的狗兒」的晚餐，且因暴食過度，倒斃在他的懷裏——「暖暖的，剛餒死在我懷中／取代了她的位置」，犬屍的餘溫竟成了他「最後的溫暖」！而此時：

> ……我的頭已腐朽
> 卻還半陷沙裏，濃霧中
> 聽晚風無故吹響海螺
> 奏起無韻的輓歌

到了最後，在天堂（香港）海邊凍死的偷渡者和那隻飽死的餓犬——「我們」，在餓雲下、海浪邊：

> 跟不絕漂至的浮魂，悄悄的
> 說故鄉的瘦田裏，有好看的蟲禍

鍾偉民的〈霧海螺〉極具諷刺意味。詩末，伏屍海邊的偷渡者與懷裏因吃自己而撐死的犬隻，再跟隨海浪不斷漂至的浮魂——有幾多偷渡者曾葬身大海——「我們」一起訴說自己的悲慘故事；說「故鄉的瘦田裏，有好看的蟲禍」，如同說感謝吃我撐死的野犬給我「暖暖的」餘溫。恨變成了愛，並且取代了愛的位置。不知道「天堂多犬狺」，天堂（香港）原來是地獄，地獄（故鄉）卻到處有「好看」的風景。反語加強了全詩的諷刺意味，讓人讀來更覺悲痛。

過渡

天堂又好，地獄也好，到了上世紀八十年代，香港將面臨前所未有的「身份挑戰」。根據中、英兩國在一八四二至一八九八年間簽署的「南京條約」、「北京條約」、「展拓香港界址專條」等條約，「香港」將於一九九七年由英國人手中交還中國，從此結束英國人近百年的殖民統治。於是，中、英兩國政府早在上世紀八十年代初就「香港回歸」展開了連串的談判、角力，香港人的生活，從此多了一個政治陰影。奉行社會主義制度的中國政府，將如何接收這個離家多年，喝資本主義奶水長大的游子呢？「九七回歸」，前途迷惘，我想起余光中的這一首：

過獅子山隧道　　　　｜　余光中

不過是一枚小鎳幣罷了
就算用拇指和食指

緊緊地把它捏住
也不能保證明天
不會變得更單薄
但至少今天還可以
一手遞出了車窗
向鎮關的獅子買路
鎳幣那上面，你看
也有匹儼然的獅子
控球又戴冕的雄姿
已不像一百多年前
在石頭城外一聲吼
那樣令人發抖了
而另外的一面，十四年後
金冠束髮的高貴側影
要換成怎樣的臉型？
依舊是半別着臉呢還是
轉頭來正視着人民？
時光隧道的幽秘
伸過去，伸過去
——向一九九七
迎面而來的默默車燈啊
那一頭，是甚麼景色？

後記：每次開車從沙田進城，都要經過獅子山隧道的稅關，繳港幣一元。顧名思義，獅子山遠望如獅，形勢雄偉。一九九七的陰影下港幣不斷貶值；其一元硬幣一面鑄有戴冕棒球的獅子，另一面則為伊麗莎白二世的側面像。七十二年七月二十日於沙田。

余光中的〈過獅子山隧道〉是一首典型的借事、借物抒懷詩篇。詩人借「過獅子山隧道」、借「小鎳幣」抒發對香港前景的迷惘情懷。

踏入上世紀八十年代，香港面對九七年回歸中國的問題，中英官員為此展開連串談判。當時旅居香港的詩人也和廣大香港民眾憂戚與共。此詩寫於一九八三年，詩人由沙田（作者當時在位於沙田的香港中文大學任教）駕車往九龍市區，途經獅子山隧道時有感而作。

在香港，駕車穿過獅子山隧道要投幣交「隧道費」。詩甫開首，詩人便借投幣起興，一語雙關借物抒懷：「不過是一枚小鎳幣罷了／就算用拇指和食指／緊緊地把它揑住／也不能保證明天／不會變得更單薄」。今天的「小鎳幣」至少可以「遞出了車窗／向鎮關的獅子買路」，卻難保證明天沒有通貨膨脹，仍可作買路錢；「小鎳幣」也不能保證明天（九七回歸後）的生

活「不會變得更單薄」。我們都知道，今天港英殖民地的「小鎳幣」，必然要在九七年香港回歸中國後被新貨幣取代，那將是一個怎樣的香港？詩人不禁低頭細閱「小鎳幣」上的圖案雕飾，經歷百年殖民的香港，很快要面臨歷史變遷：

> 鎳幣那上面，你看
> 也有匹儼然的獅子
> 控球又戴冕的雄姿
> 已不像一百多年前
> 在石頭城外一聲吼
> 那樣令人發抖了
> 而另外的一面，十四年後
> 金冠束髮的高貴側影
> 要換成怎樣的臉型？

殖民地的「小鎳幣」一面刻有戴冕的獅子，另一面則是英國女皇「金冠束髮的高貴側影」。至於將來，十四年後的香港「小鎳幣」，將會是甚麼模樣呢？詩人好奇，且期待：

> 要換成怎樣的臉型？
> 依舊是半別着臉呢還是

轉頭來正視着人民？

香港九七年將回歸中國，不再是「半別着臉」的君主立憲國度。根據當時中英官員就香港前途的談判安排，香港將來由「港人治港」，那將是一個民主開放、「正視着人民」的香港？「新香港」讓人期待……

　　在結束此詩前，詩人巧妙地借眼前車水馬龍的隧道交通起興，將獅子山隧道搖身一變成「時光隧道」：

　　　時光隧道的幽秘

　　　伸過去，伸過去

　　　——向一九九七

　　　迎面而來的默默車燈啊

　　　那一頭，是甚麼景色？

穿過隧道、穿過黑暗，前面是甚麼景色？只有迎面從「那一頭」回來的人可以回答？余光中的〈過獅子山隧道〉簡單傳神地交代了那個時候的香港人心聲。

　　面對轉變，人可以遠走高飛。唯有土地不動——那生我育我的漁港，將如何見證、適應新時代？吳美筠帶我們去看水鄉風情在演變：

大澳　｜　吳美筼

飛機滑起
又有人走了
載着一點點尚待詮釋的心情

平常時世一起揚長出海
撈起賴尿蝦、花蟹、小泥鰍
妹妹黃昏摸一籮蜆
結聚成一個小型市場
渡河後撲面的海水氣味
海鮮幾尾靜靜的一間度假平房

我們習慣看得見飛機
隱約感覺隔岸的填海區
隆隆延伸的跑道
針對一種殖民朝代的結束
經過修整的村舍
集中在指定的展覽區
盡情向遊人演繹
唯一與眾不同的鄉土風格

還有今天

繩頭積滿苔蘚牢牢的死結

拉扯一生

像家居門前幾盆不開花的小叢木

保留最原始的動態

熟悉的麻纜抵得住

一舟人匆匆過渡

在這安穩而平定的街渡上

過渡以後

風光如舊

小水鄉控告那扔垃圾的門戶

取消粗糙散亂的木樁和陋宅

取締疏落班次的單層巴士

大嫂的竹帽不變

蝦膏濃味不變

迎面的一批又一批遊客不變

倒吊的鹹魚封着頭

乾身的螺肉切片包裝

粒狀的瑤柱粗細有價

陽光不外照顧如舊

鹹蛋黃有了新形貌

刻意排列在仔細織結的竹籮上
經過設計的不規則圓形圖案
鮮紅的驚喜
拍一張照片
做個歷史的留念

　　吳美筠的〈大澳〉寫香港著名水鄉大澳。詩人借描寫大澳
人情風物的變遷，抒發對「九七回歸」、前途未明的「傳統情
懷」。
　　大澳素有香港威尼斯之稱，是香港為數不多、至今還保
留着傳統漁村風貌的水鄉，一個傳統的旅遊區。大澳是香港
的縮影，一條漁村、一個水鄉漸漸變成了繁華的大都會；大
澳和香港一樣，是一顆傳統與現代共融的東方之珠。吳美筠
的〈大澳〉可能幫我們撥開雲霧，飛向未來：

飛機滑起
又有人走了
載着一點點尚待詮釋的心情

那是自上世紀八十年代開始，因為「九七問題」而掀起「移民
潮」的常見情景，許多香港人搭飛機離開自己的家，移民到外

國生活。遠走他鄉的香港人，仍「載着一點點尚待詮釋的心情」? 誰願意離開熟悉的家，到陌生的國度生活? 而我們的水鄉（香港）則註定要留下：

> 我們習慣看得見飛機
> 隱約感覺隔岸的填海區
> 隆隆延伸的跑道
> 針對一種殖民朝代的結束
> 經過修整的村舍
> 集中在指定的展覽區
> 盡情向遊人演繹
> 唯一與眾不同的鄉土風格

詩人在第三節道出了「傳統」面對變遷的無奈，水鄉（香港）變成了「展覽區」，向遊人演繹「與眾不同的鄉土風格」; 向未來展示「與眾不同的香港」。大家準備就緒，迎接一個新時代。

不過，我們「還有今天」，水鄉不會消失，香港仍像「繩頭積滿苔蘇牢牢的死結／拉扯一生／像家居門前幾盆不開花的小叢木／保留最原始的動態」，「抵得住／一舟人匆匆過渡」，「過渡以後／風光如舊」：

大嫂的竹帽不變

蝦膏濃味不變

迎面的一批又一批遊客不變

……

倒吊的鹹魚封着頭

乾身的螺肉切片包裝

粒狀的瑤柱粗細有價

陽光不外照顧如舊

大澳一如既往，向世人展現自己「與眾不同的鄉土風格」。這就是香港，這就是「傳統」面對「變遷」，舊香港面對「新香港」的圖畫。

　　〈大澳〉向我們示範了「傳統」與「現代」共融；「不變」與「變」共處的生活態度。詩人擅於運用一語雙關，互相對比、對照等手法呈現主題：

呈現手法	舊（傳統）、不變	新（現代），變
一語雙關	水鄉有橫水渡（過渡）	九七回歸（過渡）
對比對照並列共處	水鄉，靜靜的度假平房	繁華、多垃圾的「展覽區」
	水鄉傳統風物	水鄉「新形貌」、新設計、新驚喜

吳美筠的〈水澳〉向我們呈現了「過渡時期」的香港，一幅「與眾不同」的水鄉風情畫。

維港

　　隨着「九七」逼近，香港的政治環境開始起了變化，中、英雙方政府都在為落實「港人治港」密鑼緊鼓搞選舉，大家都在為建設更美好的明天而努力，維多利亞港風起雲湧，「維港」一語平添「維護香港」的意義。陳德錦的〈落葉向秋天投了票〉就幽了「選舉日」一默：

落葉向秋天投了票　　|　　陳德錦

今天選舉日，你會看見
落葉紛紛蜂擁向秋天
樹枝用乾瘦證明自己的靈魂
雲很高，鴿子和老鷹很忙
每一塊石頭都蠢蠢欲動
走入雲和樹的嘉年華
我知道我可以多睡一刻
卻不願被一隻鬧鐘

為夢想劃下了時限
今天選舉日，我醒來，跟隨落葉
向秋天投了票，因為
秋天沒有冗長的政綱
雖然沉默，卻早已答應種籽
明年金黃的收穫

陳德錦的〈落葉向秋天投了票〉記敍了詩人於「選舉日」的心情和投票意欲。此詩沒有分節，我們依文意可以分兩部分來理解。

第一部分寫秋天的落葉、樹枝；寫鴿子、老鷹；寫石頭、嘉年華⋯⋯那是一個慶祝收穫的季節，大自然完成了一年的勞作，樹上的葉子在入冬前紛紛落下。秋高氣爽，水落石出，果實纍纍的季節，足夠讓「鴿子和老鷹很忙」。在如此美好的季節裏，還有甚麼事情要憂心、要祈求的呢？所以詩人說「我知道我可以多睡一刻/卻不願被一隻鬧鐘/為夢想劃下了時限」。有如此一個「夢想的季節」夫復何求？詩人沉醉在「夢想的時刻」，不願起床⋯⋯

詩的第二部分才正式入題談選舉。詩人說「今天選舉日，我醒來，跟隨落葉/向秋天投了票」。詩人且交代了「向秋天

投了票」的原因：「因為／秋天沒有冗長的政綱／雖然沉默，卻早已答應種籽明年金黃的收穫」。至此我們才恍然大悟，詩人在前半部分對秋天的讚美原來在聲東擊西。我們整理一下「秋天」與「選舉」諸意象在詩中的對照關係，就更加清楚詩人的用心：

選舉		秋天
投票（祈求）		恩賜（感恩）
政綱（冗長）	▶ 互相對照 ◀	沉默（務實）
鬧鐘（限制）		自由（無限）
將來（承諾）		當下（安居）

當下有如此美好的「秋天」，還要「選舉」來做甚麼？沉默的大自然「早已答應種籽／明年金黃的收穫」。「天何言哉？四時行焉，百物生焉，天何言哉？」不相信那些信口開河，為了選票而誇誇其談的政客，在「選舉日」沒有投票的詩人，寧願「跟隨落葉／向秋天投了票」，沉醉在秋日的懷抱裏「多睡一刻」，安於現狀。那是向大自然的恩賜投下感恩的一票。

為了建設美好的新香港，有人放棄投票，卻也有人為了

争取一票不惜犯法抗争：

開在馬路上的雨傘 ——詩援雨傘運動（四） ｜ 鍾國強

開在馬路上的雨傘
不等雨也不等風
承着腳步那麼多天了
只有瀝青可退

開在馬路上的雨傘
綻開了石壆邊的兩片葉
夜涼了腳踝縮回營帳
天末一燈如豆仍黃

開在馬路上的雨傘
是尾站的空巴士
給遺忘了的一些甚麼
角落的黑，沒有一聲呼喊

開在馬路上的雨傘
沒有像傘一樣合上

開在雨傘上的馬路

也沒有像路一樣好走

　　鍾國強的〈開在馬路上的雨傘〉記錄了香港人一場爭取民主自由的「雨傘運動」。此詩寫於二零一四年十一月，正值香港回歸祖國逾十五年，政治改革面臨關鍵的一年。「雨傘運動」源於同年八月三十一日，政府就二零一七年普選行政長官辦法，及二零一六年立法會的選舉安排引起爭拗，最終導致「港人治港」原地踏步，直接引發民眾上街示威，「和平佔中」運動（和平佔領中環）於二零一四年九月二十八日正式展開。警察也隨即展開驅散行動，並向民眾發射催淚彈，示威人士則利用雨傘抵擋警察的催淚彈及胡椒噴霧。事件激發大規模民憤，導致佔領擴散至更多地區，包括金鐘、銅鑼灣和旺角等地區，最終演變成「雨傘運動」。此詩第一節就交代了這個情況：

開在馬路上的雨傘

不等雨也不等風

承着腳步那麼多天了

只有瀝青可退

「雨傘」的天職原是抵擋風雨，如今「不等雨也不等風」，就只
待那無情的催淚彈和胡椒噴霧。民眾抗爭的意志是堅定的，
他們雙腳站穩不退讓，「只有瀝青可退」——柏油路上留下一
排排凹陷的足印。「雨傘運動」持續了七十九天，大家日以繼
夜露宿街頭抗爭：

> 夜涼了腳踝縮回營帳
> 天末一燈如豆仍黃

然而，和平抗爭不過是一粒「如豆」的燈火，如何對抗漫漫長
夜？當權者無動於衷。詩的後半部分道出了詩人對抗爭的悲
觀情緒：

> 開在馬路上的雨傘
> 是尾站的空巴士
> 給遺忘了的一些甚麼
> 角落的黑，沒有一聲呼喊

詩人將代表抗爭的「雨傘」比喻為「尾站的空巴士」上「給遺
忘了的一些甚麼／角落的黑」，「沒有一聲呼喊」。我們到底遺

忘了「一些甚麼」？七十多天的抗爭讓人力竭聲嘶，還有許多沉默的看客。原來生活不容易，運動沒有因為驅散而結束，抗爭也「沒有像傘一樣合上」，民主自由之路不好走，還要走。

對於民主與政治；進步和落後，游靜有深刻的體會：

你們與我們　　　｜　游靜

現代殖民了你們
你們想做我們又
最瞧不起我們

殖民現代了我們
把文學腰骨互信歷史改
寫成理性商業靈巧法制
之方程式之唯一公義
以及自由以及華洋雜處之唯一
在我們裏面而我們
從未現代　最瞧不起公義
以及平等　仰賴
古音古語古惑
情操託上帝觀音星座蘇

文峰遠視眼的福最不習慣
你們的從未現代

我們習慣了
面朝後面的殘骸被拖着向前衝
背對胡椒警棍有點
催淚的我們不是天使因為
我們就是
殘骸　身上剝下來刮出來
一層層皮連肉加點梅菜
餵飼我們的殘障廢墟
吐出紅色的泡沫細味回甘都怪
你們今天的花
為甚麼這樣紅

明明是大不列顛太平洋佈下的一只
棋子　你們明明不要我們
因為棋盤是共同利用讓
豬仔豬花買辦苦力教養出
自以為是日不落王國的哈姆雷特
要還是不要國
家　彷彿是選擇

全世界人民的選擇
但你們與我們從來
都不是人民
我們是拿着信的
羅生克蘭和蓋登思鄧
開信就是殺頭的時
候而這封信這封信
就叫民主

　　游靜的〈你們與我們〉是一首「議論詩」，詩人從傳統到
現代，由英國殖民統治到過渡時期、回歸自治，論盡香港人
的身份、命運，以及成長的悲哀。詩甫開首，詩人就將這種
複雜的情懷歸結：

現代殖民了你們
你們想做我們又
最瞧不起我們

一如詩題般讓人讀來混亂，第一句那被「現代殖民了」的「你
們」當指「香港人」，承上句的「你們」如今回歸祖國，想做「我
們」——「中國人」，卻又偏偏「最瞧不起我們」、瞧不起「中

國人」。這是何等的矛盾和混亂。我們讀下去……

詩人在第二節剖析了這種矛盾的根源。給「現代殖民了」
的香港人，隨英國人走向「現代化」，卻是騙人的：

> 把文學腰骨互信歷史改
> 寫成理性商業靈巧法制
> 之方程式之唯一公義
> 以及自由以及華洋雜處之唯一
> 在我們裏面而我們
> 從未現代

「現代香港」迅速發展成為一個商業城市，一個機關算盡，商
業利益是「唯一公義」，人文藝術（文學、歷史）被拋棄的社
會。一個「自由開放」、「華洋雜處」的城市，而「在我們裏面」
內心深處，「我們／從未現代」。「我們」並不文明、「我們」野
蠻、「我們」：

> ……最瞧不起公義
> 以及平等　仰賴
> 古音古語古惑
> 情操託上帝觀音星座蘇

文峰遠視眼的福最不習慣

你們的從未現代

末句「最不習慣／你們的從未現代」，既是自嘲，也泛指落後的「中國人」。「我們」有崇拜中外神明的「遠視眼」，「我們習慣了」：

面朝後面的殘骸被拖着向前衝

背對胡椒警棍有點

催淚的我們不是天使因為

我們就是

殘骸　身上剝下來刮出來

一層層皮連肉加點梅菜

餵飼我們的殘障廢墟

沒有現代文明滋養的「我們」空餘一個「殘障廢墟」，「我們」且以這「殘障廢墟」去爭取公義，抵擋「胡椒警棍」和催淚彈。「我們」靠的是自己「身上剝下來刮出來／一層層皮連肉加點梅菜」來餵飼自己的「殘障廢墟」——用血肉和陳腐去爭取現代公義註定要失敗，一如「吐出紅色的泡沫」成泡影。

　　詩的最後一節，詩人進一步道出「從未現代」的港人「身

份」的悲哀：

> 明明是大不列顛太平洋佈下的一只
> 棋子　你們明明不要我們
> 因為棋盤是共同利用

原來「我們」不過是一隻被「共同利用」的棋子，是「豬仔豬花買辦苦力」的後裔——被出賣的一群，哪裏去找自己的「國」和「家」？當「全世界人民」都有權選擇自己的家的時候，詩人說「但你們與我們從來／都不是人民」，以至於談「民主」是要殺頭的！

　　游靜的〈你們與我們〉對「香港人」，以至於對「中國人」的身份、命運的剖析是深刻的。詩人擅用一詞多義、一語雙關，以及矛盾對照的意象加強反諷效果：

一詞多義	內涵	詩句	原因／釋義
你們	港人	現代殖民了你們	
我們	中國人	你們想做我們	身份、國籍
	中國	最瞧不起我們	專制，落後
	港人	殖民現代了我們	現代化城市

現代了我們	文明	殖民現代了我們 把文學腰骨互信 歷史改 寫成理性商業靈 巧法制 之方程式之唯一 公義	既文明且野蠻
	野蠻	最瞧不起公義 以及平等	
	陳腐	仰賴 古音古語古惑 情操託上帝觀音 星座蘇 文峰遠視眼的福 最不習慣 你們的從未現代 …… 我們就是 殘骸　身上剝下 來刮出來 一層層皮連肉加 點梅菜 餵飼我們的殘障 廢墟	既守舊且功利
	功利	把文學腰骨互信 歷史改 寫成理性商業靈 巧法制	

哈姆雷特	正義、英雄	自以為是日不落王國的哈姆雷特 ……	正義伴隨殺戮
	面臨暗殺	我們是拿着信的羅生克蘭和蓋登思鄧 開信就是殺頭的時 候而這封信這封信 就叫民主	

矛盾、多義,甚至讓人讀來「混亂」的意象、詩句,還見諸把「上帝觀音星座蘇文峰、豬仔豬花買辦苦力與哈姆雷特等並置呈現新舊中西文化交匯衝擊,然詩句故意採突兀的斷句方式,如『情操託上帝觀音星座蘇/文峰遠視眼的福最不習慣』,或也象徵某種文化斷裂。全詩節奏跳躍活潑,如『古音古語古惑』、『豬仔豬花』等頭韻使用,有打油詩的調侃趣味,既是粵語口語入詩的一大特色,也是游靜的本色節奏」。(〈每月一詩〉簡析,西九文化區)

未來

　　我們就是這樣拖着「殘障廢墟」，天天忙碌地走、跟着世界的步伐走。要到哪裏去呢？我們讀讀這一首：

説不出的未來 ── 回歸十年紀念之一　　　　｜　陳滅

寬頻人、信用人、保險人、問卷人
一伙一伙的聚集，夜了是時候變回自己
這裏是旺角，西洋菜街、通菜街、豉油街
生活就是這樣，但甚麼改變了？沒有人記得
寬頻人可以給你優惠，但這是最後一天
信用人送你未來的贈品，要是你能填滿一個數
保險人教你相信未來：未來隨時都會變改

甚麼是未來？我們尚要等候，但他們的公司已先抵達
他們為我們設計的未來了，寬頻人、問卷人、保險人
是時候回家，還是去唱 K，喝一杯，還原為一個人？

世界就是這樣？時代換了甚麼型號，電器人？

購物人已結業，自由行都打烊了，旺角才更抖擻

信用人要不要提供優惠給寬頻人？問卷人互相詢問？

誰都知道那不是真正的調查，誰都不在乎

這裏是旺角，西洋菜街、通菜街、豉油街

從一九九七出發，經過九九、零三，還有甚麼新聞？

只有十年前的人，留下將來的形狀，一些詢問

永遠都有煙花，但霓虹為甚麼閃爍，又缺了筆劃？

那倒閉店舖的招牌仍高掛着，多少年了？

有時在雨中忽然閃過，那沉重的霓虹更像幽靈

叫人們永遠記着那店舖，那碩大的形狀

現在只低聲地唱，K歌人，選曲機中有沒有

作給寬頻人、信用人、保險人、問卷人的歌？

夜了他們已收拾行當，結束獻給這時代的一切宣傳

那優惠、那贈品、那未來？那數字、那不得已的誘騙

世界就是這樣，不用問，還要這樣繼續下去

不會有我們的歌或城市的歌，甚麼改變了都不用問

寬頻人、信用人、保險人、問卷人還有電器人和車牌
  人

夜了是時候收起易拉架廣告，變回自己來嘯聚

這裏是旺角，西洋菜街、通菜街、豉油街

夜了會有更多十年前的人，透過選曲機去想像

昔日曾唱過那說不出的未來；但未來已變成一張合約

教我們記着那條文、那趨勢、那回贈

誰都知道那世界的底蘊，誰都不在乎

那發展、那廣告、那即將過期的荒謬

但甚麼是荒謬？我們尚要苦思，而我們的機構已把它

　　寫入

他們為我們編著的合約了，寬頻人、信用人、保險人

不斷變身的兼職人、瀕臨絕跡的文字人

一切不由自主的教育人，可否與即將到期的生命相約

去簽另一份約，還是去喝一杯，何妨再變回一個人

　　陳滅的〈說不出的未來〉分三節寫成，此詩主要記述近年
興起，日常在街上向路人兜售各類產品的「街賣工作者」——
「寬頻人、信用人、保險人、問卷人」的生活，他們大都在街
上向客人推銷「未來服務」。「說不出的未來」正是這群「街賣
工作者」的生活寫照，全詩就圍繞這個話題展開，抒發都市新
人類的生活感慨和苦思。「說不出的未來」又何止終日流連街
頭的一群？

　　此詩第一節記敍一眾「街賣工作者」結束一天的工作，
入夜在旺角街頭聚集「變回自己」。「生活就是這樣」，天天如

是。向客人推銷「未來服務」的，不知道「未來隨時都會變改」。詩人在第二節說：「甚麼是未來？」我們都無法掌握自己的未來。「街賣工作者」推銷的，不過是「他們的公司」「設計的未來」，幹着連自己都不相信「那不得已的誘騙」、宣傳。而我們的「未來」在哪裏？「從一九九七出發，經過九九、零三，還有甚麼新聞？」；政治動盪、金融風暴、「非典」疾病……我們都艱辛地從那些無法預計的「未來」——那「說不出的未來」走過來。「只有十年前的人，留下將來的形狀」，「那倒閉店舖的招牌仍高掛着」，「叫人們永遠記着那店舖，那碩大的形狀／現在只低聲地唱」。推銷未來的「街賣工作者」，哪裏去找自己的未來？「選曲機中有沒有／作給寬頻人、信用人、保險人、問卷人的歌？」

詩人在末節進一步抒發現代都市人那「說不出的未來」的無奈。詩人說「世界就是這樣，不用問，還要這樣繼續下去／不會有我們的歌或城市的歌，甚麼改變了都不用問」，「夜了會有更多十年前的人，透過選曲機去想像／昔日曾唱過那說不出的未來；但未來已變成一張合約」，「誰都不在乎」，那「即將過期的荒謬」。「甚麼是荒謬？」詩人要我們苦思。然而，更荒謬的是「我們的機構已把它寫入／他們為我們編著的合約了」，我們活在一個又一個「未來合約」裏，一次又一次上當

受騙，卻仍樂此不疲，「世界就是這樣，不用問，還要這樣繼續下去」⋯⋯

陳滅擅於運用一詞多義、甚至矛盾的意象疊加在一起反覆唱詠，以加強詩篇的感染力，凸顯時代的荒謬與無奈：

	時空混亂（說不出的未來）
虛無的未來	未來隨時都會變改 誰都不在乎
設計的未來	他們為我們設計的未來 不得已的誘騙 未來已變成一張合約 過期的荒謬
從前的未來	只有十年前的人，留下將來的形狀 透過選曲機去想像 昔日曾唱過那說不出的未來

	身份混亂（說不出的身份）
街賣工作者	寬頻人、信用人、保險人、問卷人
自己	變回自己（為生計不得已做誘騙，違背自我） 變回自己來嘔聚（高聲互打招呼，自我認同、自我肯定）
一個人	還原為一個人？（淪為「人肉廣告牌」，宣傳工具。過着非人生活） 何妨再變回一個人（做一個有尊嚴的人，不作誘騙事）

出賣未來的不相信未來，如果大家天天都在幹「不得已的誘
騙」，最終自己也成了受害者，這是詩人要我們反省、苦思的
問題吧。

　　陳滅的〈說不出的未來〉可能旨在引起大家的反思，從而
齊心合力建設美好的未來。而「未來」還得靠我們的未來主人
翁積極面對，毋庸悲觀。廖偉棠就給自己的女兒繪畫了一幅
美好的圖畫：

其後——給湛衣　｜　廖偉棠

後來有兩百人成為詩人
一百人成為麵包師
五十釀酒師
又兩百人耕種和手作
五十人漁獵
這樣足夠了
足夠愛一個島嶼

其後
孩子們學會在雲上走
父母都被放棄

雨灑日曬，不求甚解
裸露的身體結孕果實
這樣足夠
足夠再生一個海

最後一人在酒甕中甜睡
夢見千千萬金屑
自過去的城邦剝落升起
我有一首輓歌
不打算帶往未來
你的笑靨足夠
清空我的時代

〈其後——給湛衣〉是廖偉棠給女兒寫的詩篇。此詩內容
簡單、清新，句句都是父親給女兒的祝福語，也是詩人對未
來香港的期許。

詩人在第一節就替女兒、替未來的香港勾畫出一幅美麗
的圖畫：一個悠閒自足的農耕社會。到了那個時候，人們
只需從事簡單的勞動，做麵包打魚，釀酒寫詩，反璞歸真。
再沒有金融、地產，告別不斷開發，建造商業大廈、石屎森
林。「這樣足夠了」，省下來的時間和精力，便「足夠愛一個

島嶼」，好好地生活，好好地愛我們的香港。

詩人在第二節進一步沉醉在自己的烏托邦：大家衣食無憂，思想自由，天馬行空，「孩子們學會在雲上走／父母都被放棄」，為人父母的再沒有牽掛，然後任「雨灑日曬，不求甚解／裸露的身體結孕果實」。心滿意足──「足夠再生一個海」──海量的心胸。

詩人真的醉了──醉倒「在酒甕中甜睡」，他「夢見千千萬金屑／自過去的城邦剝落升起／我有一首輓歌／不打算帶往未來」，讓紙醉金迷的城邦徹底剝落，不帶走一絲回憶或者哀悼。詩人早已讓自己的烏托邦佔據了、讓女兒的笑靨「清空我的時代」──此刻。

附　錄

作品引錄一覽

1　印象

葉輝：〈我們活在迷宮那樣的大世界〉，載黃燦然編：《香港新詩名篇》，香港：天地圖書，2007 年 4 月。

胡燕青：〈三日店〉，載黎漢傑編：《香港詩選 2013》，香港：練習文化實驗室，2015 年 12 月。

洛夫：〈香港的月光〉，載《洛夫精品》，北京：人民文學出版社，1999 年。

陳李才：〈桌燈與月亮〉，載陳李才：《只不過倒下了一棵樹》，香港：練習文化實驗室，2016 年 12 月。

潘步釗：〈高樓對海〉，載潘步釗：《不老的叮嚀》，香港：匯智出版，2005 年 2 月。

余光中：〈高樓對海〉（節錄），載余光中：《高樓對海》，台北：九歌出版社，民 89（2000 年 07 月 10 日）。

陳永康：〈從安迪華荷藝術館走出來〉，載黎漢傑編：《香港詩選 2013》，香港：練習文化實驗室，2015年12月。

鍾國強：〈華田〉，載鍾國強：《只道尋常》，香港：川漓社，2012年 12月。

2　舊戲

陳滅：〈灣仔老街（之四）〉（節錄），載陳滅：《市場，去死吧》，香港：麥穗出版，2008年12月。

吳呂南：〈灣仔摘芽菜的老婦〉，載羈魂編：《香港近五十年新詩創作選》，香港公共圖書館，2001年。

王良和：〈賣菜的老婦〉，載王良和：《尚未誕生》，香港：東岸書店，1999年12月。

鄧阿藍：〈賣報紙的老婆婆〉，載《中國學生周報》，第1112期，1973年11月20日。

飲江：〈咬着「棺材釘」的老頭〉，載飲江：《於是你沿街看節日的燈飾》，香港：呼吸詩社，1997年5月。

梁秉鈞：〈醃檸檬〉，載梁秉鈞：《雷聲與蟬鳴》，香港：文化工房，復刻出版，2009年11月。

3　童話

阿藍：〈不要讓爸爸知道〉，載《中國學生周報》，第1116期，1974年1月20日。

胡燕青：〈繞過〉，載《香港文學》，第175期，1999年7月1日。

洛謀：〈屋邨仔〉，載洛謀：《島嶼之北》，香港：文化工房，2010年7月。

周漢輝：〈大美督環保行〉，載《李聖華現代詩青年獎作品集（2011）》，香港：培英白綠出版社，2012年4月。

禾迪：〈彩虹〉，載胡國賢編：《香港近五十年新詩創作選》，香港公共圖書館，2001年。

關夢南：〈九龍塘〉，載關夢南：《關夢南詩集》，香港：風雅出版社，2001年8月。

4　家常

葉英傑：〈晾衣〉，載黎漢傑編：《香港詩選2013》，香港：練習文化實驗室，2015年12月。

梁秉鈞：〈香港盆菜〉，載梁秉鈞：《蔬菜的政治》，香港：牛津大學出版社，2006年。

黎漢傑：〈喝茶〉，載黎漢傑：《漁父》，香港：石磬文化，2015年
1月。

麥樹堅：〈藍地（1989-1990）〉，載麥樹堅：《石沉舊海》，香港：
匯智出版，2004年6月。

鍾國強：〈福華街茶餐廳〉，載鍾國強：《路上風景》，香港：青文
書屋，1998年11月。

劉祖榮：〈對面的教堂〉，載劉祖榮：《家》，2007年。

廖偉棠：〈耶穌在廟街（阿云的聖誕歌）〉，載廖偉棠：《和幽靈一起
的香港漫遊》，香港：Kubrick出版，2008年12月。

關夢南：〈家常（一）〉，載關夢南：《關夢南詩集》，香港：風雅出
版社，2001年8月。

5　親愛

樊善標：〈走過爸爸的舊店〉，載胡國賢編：《香港近五十年新詩創
作選》，香港公共圖書館，2001年。

飲江：〈飛蟻臨水〉，載黃燦然編：《香港新詩名篇》，香港：天地
圖書，2007年4月。

王良和：〈聖誕老人的故事〉，載《香港文學》，第191期，2000年
11月1日。

王良和：〈和你一起划船的日子〉，載王良和：《驚髮》，香港：山
邊社，1986年。

洛楓：〈飛天棺材〉，載洛楓：《飛天棺材》，香港：麥穗出版，
2007年5月。

呂永佳：〈而我們行走〉（節錄），載《香港文學展顏》，第十七輯，
香港公共圖書館，2007年。

6　房子

鄧阿藍：〈舊型公屋〉，載黃燦然編：《香港新詩名篇》，香港：天
地圖書，2007年4月。

黃茂林：〈大白田街的斜坡〉，載黃茂林：《魚化石》，香港：麥穗
出版，2005年3月。

葉英傑：〈和宜合道〉，載黎漢傑編：《香港詩選2011》，香港：石
磬文化，2013年12月。

梁志華：〈我們的房子——給KY〉，載林幸謙編：《我們曾經渴
望》，馬來西亞：星圖出版有限公司，2007年3月。

鍾國強：〈房子〉，載鍾國強：《生長的房子》，香港：青文書屋，
2004年12月。

7　位置

陳穎怡：〈離線〉，載關夢南編：《香港中學生新詩佳作 100 首》，香港：風雅出版社，2009 年 6 月。

游欣妮：〈尋找一個存放水杯的位置〉，載游欣妮：《紅豆湯圓》，香港：匯智出版，2013 年 9 月。

羅貴祥：〈地下鐵的大提琴手〉，載羅貴祥：《記憶暫時收藏 · 羅貴祥詩集》，香港：川漓社，2012 年 6 月。

潘步釗：〈瞥〉，載潘步釗：《不老的叮嚀》，香港：匯智出版，2005 年 2 月。

梁秉鈞：〈中午在鰂魚涌〉，載梁秉鈞：《雷聲與蟬鳴》，香港：文化工房，復刻出版，2009 年 11 月。

8　書香

梁秉鈞：〈新蒲崗的雨天〉，載梁秉鈞：《雷聲與蟬鳴》，香港：文化工房，復刻出版，2009 年 11 月。

羅貴祥：〈在報館內寫詩〉，載羅貴祥：《記憶暫時收藏 · 羅貴祥詩集》，香港：川漓社，2012 年 6 月。

馬若：〈詩 1〉，載黃燦然編：《香港新詩名篇》，香港：天地圖書，

2007年4月。

陳滅：〈東岸書店〉，載陳滅：《低保真》，香港：麥穗出版，2004
　年11月。

廖偉棠：〈多少年後，當我們說起一家書店——給陳敬泉〉，載廖
　偉棠：《和幽靈一起的香港漫遊》，香港：Kubrick出版，2008
　年12月。

葉英傑：〈女郎〉，載《文學世紀》，第四卷，第十二期（總45期），
　2004年12月。

陳永康：〈悼〉，《秋螢》，復活號第五十七期，2008年3月15日。

何自得：〈給志華（及另一個志華）〉，載黎漢傑：《香港詩選
　2013》，香港：練習文化實驗室，2015年12月。

鍾國強：〈昨夜，走過曾經是青文書屋的地方〉，載鍾國強：《開在
　馬路上的雨傘》，香港：文化工房，2015年8月。

9　維港

何福仁〈維多利亞港〉，載黃燦然編：《香港新詩名篇》，香港：天
　地圖書，2007年4月。

鍾偉民：〈霧海螺〉，載胡國賢編：《香港近五十年新詩創作選》，
　香港公共圖書館，2001年。

余光中，〈過獅子山隧道〉，載余光中：《紫荊賦》，台北：洪範書店，1986年7月。

吳美筠：〈大澳〉，載吳美筠：《第四個上午》，香港：基督教文藝出版社，1998年10月。

陳德錦：〈落葉向秋天投了票〉，載陳德錦：《疑問》，香港：匯智出版，2004年12月。

鍾國強：〈開在馬路上的雨傘——詩援雨傘運動（四）〉，載鍾國強：《開在馬路上的雨傘》，香港：文化工房，2015年8月。

游靜：〈你們與我們〉，載〈每月一詩〉，西九文化區（網站），瀏覽日期：2017年8月。

陳滅：〈說不出的未來——回歸十年紀念之一〉，載陳滅：《市場，去死吧》（增訂版），香港：石磬文化，2017年6月（增訂再版）。

廖偉棠：〈其後——給湛衣〉，載〈每月一詩〉，西九文化區（網站），瀏覽日期：2017年8月。

責任編輯：羅國洪、賴菊英

封面設計：張錦良

香港詩賞—— 讀新詩串起的香港故事

作者：陳永康

出版：匯智出版有限公司

　　　香港九龍尖沙咀赫德道2A首邦行8樓803室

　　　電話：2390 0605　　傳真：2142 3161

　　　網址：http://www.ip.com.hk

發行：香港聯合書刊物流有限公司

　　　香港新界大埔汀麗路 36 號中華商務印刷大廈 3 字樓

　　　電話：2150 2100　　傳真：2713 4675

印刷：陽光 (彩美) 印刷有限公司

版次：2019 年 6 月初版

國際書號：978-988-79782-4-4

《愛情詩賞》
陳永康 著

愛情是生活中的一張大網,「情網」在我們一生的
淚水中撈起了甜酸苦辣,戀愛情懷總是詩。「愛情
詩」從來是古今中外文人墨客筆耕的必爭之地,
新時代的詩人,能在這塊耕種多年的土壤裏翻出
甚麼新意?耕出怎樣的花樣來?這是新詩作者面
對的挑戰、是新詩人要突破的地方。本書希望帶
給大家讀「愛情詩」的樂趣之餘,也從中體會詩人
多愁善感的心靈,把握詩人寫詩的竅門和技巧。
讀詩原是要豐富我們的人生,我們都有能力譜寫
自己的詩篇。

香港藝術發展局
Hong Kong Arts Development Council 資助

香港藝術發展局全力支持藝術表達自由，本計
劃內容並不反映本局意見。